MEIN ERLEBNIS
DER BRÜDERLICHKEIT

HERAUSGEBER
BRÜDERLICHER KREIS

IMPRESSUM

Dieser Titel ist auch als E-Book erschienen

Herausgeber: Brüderlicher Kreis

Stefan Reuter
Leitender Bruder
Am Över 7a, 27777 Ganderkesee-Stenum

Hunold Frhr. v. Nordeck
verantw. Redakteur
Schumannstrasse 31, 53340 Meckenheim

Layout und Satz: www.conrat.org
Alle Abbildungen: Brüderlicher Kreis

© 2012 www.conrat.org

Herstellung und Verlag:
BoD – Books on Demand, Norderstedt
ISBN 978-3-8482-5703-4

HEINRICH VON BAER

MEIN ERLEBNIS
DER BRÜDERLICHKEIT

Aufzeichnungen aus dem Jahre 1979

HERAUSGEBER
BRÜDERLICHER KREIS

Heinrich von Baer wurde am 15. Januar 1891 als Sohn des Gutsbesitzers Alfred von Baer, Edler von Huthorn, auf dem Rittergut Repnik in Estland geboren. 1910 legte er sein Abitur in deutscher und russischer Sprache an der deutschen Ritter- und Domschule zu Reval ab. Während der folgenden drei Jahre absolvierte er am Polytechnikum in Riga ein Landwirtschaftspraktikum. Danach erbte er das Gut seines Vaters und konnte es bis 1918 bewirtschaften, weil er wegen einer Augenverletzung vom russischen Wehrdienst freigestellt war. 1918 wurde er von den Bolschewiken nach Sibirien verschleppt. Erst die deutsche Besatzung im Baltikum und das Internationale Rote Kreuz ermöglichten ihm die Rückkehr in die Heimat.

Nach der Enteignung seines Rittergutes ging Heinrich von Baer nach Deutschland, studierte in Tübingen und Greifswald Theologie und legte nach seiner Einbürgerung in Stettin das kirchliche Examen ab. Er wurde Vikar in Greifswald. 1931 heiratete er als Pfarrer in Neuwarp/Kreis Stettin Frau Irene von Samson-Himmelstjerna.

1933 wechselte er als erster Pfarrer in die Gemeinde Bütow/ Ostpommern und wirkte dort bis 1945. Als Flüchtling kam er nach Schleswig-Holstein und erhielt in Lübeck eine Stelle als Flüchtlingspfarrer. Ein Jahr später zog er nach Pfronten und wurde in der dortigen Großgemeinde Hilfsprediger für die Amtsbezirke Nesselwang, Seeg, Rückholz und Hopferau. Anfangs betreute er sein Gemeindegebiet zu Fuß; später hatte er ein Fahrrad zur Verfügung. Seine Frau stand ihm als Organistin zur Seite. Von 1946 bis 1952 wohnte er mit seiner Familie in Nesselwang. Die folgenden sechs Jahre lebte er als Vikar in Nesselwang. 1958 wurde er zum Pfarrer ernannt und lebte bis zu seiner Pensionierung im Jahre 1960 im damals neu erbauten Pfarrhaus an der Meilinger Straße. Er starb am 1. Oktober 1981 in Pfronten.

Die in diesem Buch vorgelegten Erinnerungen hat er 1979 im Alter von 88 Jahren niedergeschrieben. In seinen Aufzeichnungen lässt er uns an seinen persönlichen Erinnerungen über den aus heutiger Sicht erstaunlichen, für die damalige Zeit aber nicht untypischen Weg eines deutschen Balten von der alten Heimat Estland in das deutsche Reich und bis in die Bundesrepublik Deutschland teilhaben. Dabei rückt er seinen Weg in und seinen Dienst für drei ordensähnliche Gemeinschaften in den Mittelpunkt seiner Betrachtungen: dem „Geheimen Verband der Ordensgründer – genannt X" (1921–1928), der „Baltischen Brüderschaft" (1929 –1936) sowie dem „Brüderlichen Kreis (1953 bis zu seinem Tode 1981). Entsprechend hat er seine Erinnerungen in drei Abschnitte gegliedert.

Bemerkenswert ist, dass der Verfasser sich darauf einlässt, sein „Erlebnis der Brüderlichkeit" schriftlich und damit für eine breite Öffentlichkeit darzustellen. Dies wird verständlich, wenn man bedenkt, dass die Brüder ihr Zusammenleben in brüderlicher Vertraulichkeit ordneten und sich über das persönliche Erleben üblicherweise nur mündlich im „Brüderlichen Zusammensein" äußerten. Nach außen galt das Prinzip der Verschwiegenheit. Der Autor hat anders gehandelt und uns auf diese Weise maßgeblich zur Herausgabe seiner Erinnerungen bewogen und legitimiert.

Dabei ist uns bewusst, dass wir vor dem Hintergrund der Einsichten unserer Zeit und vor allem aus christlicher Sicht nur behutsam mit den Traditionen der Baltendeutschen umgehen sollten. Für den Brüderlichen Kreis war es ein langer Lernprozess, sich von überlieferten und lieb gewordenen „deutsch-baltischen Legenden" zu lösen und nicht kritiklos auf die Traditionen der Baltischen Brüderschaft zu bauen. Schließlich muss man ins Bewusstsein rücken, dass die Eroberung des baltischen Raumes durch den Deutschen Orden mit Kreuz und Schwert erfolgte, „Heidensmission" und merkantile Interessen miteinander verband. Die Liven, Kuren, Esten, Pruzzen und andere baltische Volksgruppen waren keineswegs begeistert und leisteten erheblichen Widerstand. Sie haben es bis ins 20. Jahrhundert nicht verwunden, dass der deutsche Adel trotz wechselnder Herrschaft die Oberschicht bildete und sich auch so verstand. Nach den Verwerfungen der monarchischen und ständischen Gesellschaftsstrukturen in Russland und im Deutschen Reich zum Ende der 2. Dekade des 20. Jahrhunderts konnte das Ringen der „Baltischen Brüder" um die Heimat nur noch ein „Rückzugsgefecht" sein, wobei nie hinterfragt worden ist, ob und wie das Baltikum für die Deutschbalten wirklich zur Heimat werden konnte. Vor diesem Hintergrund erscheint das Wirken der Baltendeutschen und der Baltischen Brüderschaft heute in einem anderen Licht.

Das Baltikum stand nach wechselhafter Geschichte – Gründung als Ordensstaaten durch deutsche Ritterschaften im frühen 13. Jahrhundert, wechselnde polnische, litauische, dänische und schwedische Hegemonien vom 16. bis 18. Jahrhundert – spätestens seit der dritten polnischen Teilung vom 1795 bis zur Abdankung des Zaren im Jahre 1917 unter russischer Herrschaft stand. Die Landesregierungen in Kurland, Livland und Estland wurden in jener Zeit ausschließlich durch die deutsche „Ritter- und Landschaft" gestellt. Der Bericht des Heinrich von Baer setzt im Jahre 1816 ein – dem Beginn der Aufhebung der Leibeigenschaft in den „Ostseegouvernements" des russischen Reiches – und schildert Eindrücke und Ereignisse von Deutschbalten in den baltischen Ländern. Das änderte sich jedoch im frühen 20. Jahrhundert, als spätestens nach dem Hitler-Stalin-Pakt von 1939 nahezu alle Deutschbalten aus ihren Heimatstaaten Estland und Lettland in eroberte polnische Gebiete an der Warthe zwangsumgesiedelt wurden.

Angesichts der Erfahrungen beim Zusammenbruch des russischen Zarenreiches wie auch des deutschen Reiches 1918 verstand sich der „Verband der Ordensgründer" als Teil einer „Erneuerungsbewegung" unter den Balten, welche die Besinnung auf gemeinsame Grundwerte zum Inhalt hatte (u.a. gemeinsame christliche Kultur, Liebe zu einer gemeinsamen Heimat von Esten, Letten, Litauern und Deutschen). Obwohl die Ordensidee von Beginn an Pate stand und die organisatorische Grundstruktur lieferte, haben sich die „Baltische Brüderschaft" und der nach dem II. Weltkrieg entstandene „Brüderliche Kreis" nie als „Orden", sondern immer als eine „ordensähnliche Gemeinschaft" verstanden. Das dafür bestimmende Merkmal war, dass das in einem Orden geltende Prinzip des absoluten Gehorsams gegenüber dem

Ordensältesten durch das Prinzip der Gewissensentscheidung des Einzelnen ersetzt wurde. Das Prinzip der Verantwortung des Einzelnen wurde zum zentralen Element der Einordnung in die Gemeinschaft.

Zwei weitere Elemente werden von Heinrich von Baer – vorwiegend im letzten Teil seiner Ausführungen – behandelt: christliche Glaubensvoraussetzung und Brüderlichkeit als identitätsstiftende Merkmale der „Baltischen Brüderschaft" und vor allem des „Brüderlichen Kreises". Letzteren haben ehemalige baltische Brüder nach dem Kriege in der Bundesrepublik Deutschland gegründet, und es war von vorn herein abzusehen, dass mit dem Ableben der alten baltischen Brüder eine neue Generation deutscher Brüder den Kreis prägen würde. So haben sich die Anliegen des „Brüderlichen Kreises" zunehmend darauf konzentriert, die einzelnen Brüder in ihrem Sein und Wirken in der Welt verbindlich zu begleiten, ihnen zu raten und zu helfen, sie in der Vertiefung ihres Glaubens und in der Bereitschaft zur Verantwortungsübernahme zu unterstützen. Dabei ist die von den Balten übernommene Erfahrung der Brüderlichkeit im Sinne einer brüderlichen Begleitung in christlicher Verantwortung ein zeitlos wertvoller Schatz, der bis in unsere Tage liebevoll gepflegt und weitergetragen wird.

Zur formalen Gestaltung ist anzumerken, dass Heinrich von Baers Text bis auf minimale Korrekturen bei Satzbau und aktueller Orthografie dem Original-Manuskript von 1979 entspricht. Entsprechend wurden auch die den jeweiligen Kapiteln nachgestellten Anmerkungen vom Original übernommen. Angefügt wurden zum besseren Verständnis Fußnoten mit Hinweisen auf die im Text erwähnten Akteure.

Loccum, im Mai 2012

Stefan Reuter   Hunold Frhr. v. Nordeck
Leitender Bruder

Wer sich zum ersten Mal – naturgemäß womöglich zunächst ein wenig vom oberflächlichen her – in die Geschichte der Deutschen im Baltikum in der ersten Hälfte des vergangenen Jahrhunderts vertiefen möchte, der mag abgeschreckt werden durch eine nach heutigem Zeitgeist nur schwer zu ertragende Gemengelage aus deutschvölkischer Großmannssucht und elitärem Habitus. Nachvollziehbar – denn auch im vorliegenden Werk, den Lebenserinnerungen von Heinrich von Baer, sind deutschnationales Gepräge und eine Art germanisch-kulturelles Hegemonialdenken überdeutlich.

Wer es aber dennoch wagt, sich tiefer in die geschichtlichen und gesellschaftlichen Ereignisse hineinzudenken, dem wird sich auch die Vielschichtigkeit der deutschbaltischen Gefühlslage erschließen. Es ist eigentlich wie immer im Leben: die Wahrheit ist komplexer als gedacht.

Die Deutschen im Baltikum haben sich wohl schon früh als eine Art vorgeschobener Vorposten des Reiches an der Grenze zu den Slawen empfunden. Dieses Selbstverständnis wurde gleichermaßen erschüttert und verstärkt durch die deutsche Niederlage im ersten Weltkrieg und den damit verbundenen Verlust der Heimat im historisch gewachsenen Sinne. Die deutsche Vormachtstellung war dahin, die teils jahrhundertealten Rittergüter im livländischen Raum wurden durch Agrarreformen der neuen estnischen und lettischen Herren zerschlagen. Die Welt, wie die Deutschbalten sie kannten, sie war verloren.

Und als wäre all dies nicht genug, wurde noch eine weitere schier übermächtige Bedrohung ausgemacht, die die politische und gesellschaftliche Auseinandersetzung mit den im Baltikum lebenden und nunmehr führenden Esten und Letten fast bedeutungslos erscheinen ließ: der Bolschewismus.

In dieser Zeit starker Veränderung und damit einhergehender Verunsicherung werden der Wunsch und die Suche nach beständigen Werten und starker Gemeinschaft erklärbar. Der Wissenschaftler und Buchautor Bastian Filaretow bringt dies auf den Punkt, wenn er beschreibt, dass die Gründer des X-Ordens und der Baltischen Brüderschaft darin übereinstimmten, „dass die Belebung des Baltentums einer Führungsspitze bedürfe, die nach deutschbaltischer Tradition ordensmäßig strukturiert und landesstaatlich orientiert sein müsse; sowohl der Bolschewismus wie Demokratie, Liberalismus und Pazifismus abzulehnen seien; der evangelische Glauben die Basis jeden Handelns darstellen sollte; die zielgerichtete Sammlung der baltischen Kräfte im Deutschen Reich erforderlich sei; die Überwindung der deutschbaltischen Trennung in Estländer, Lettländer und Reichsangehörige erfolgen müsse."*

Für Heinrich von Baer war dabei ganz offensichtlich sein evangelischer Glauben die entscheidende Triebfeder. Es war sicher auch seine christliche Einstellung, die ihn zum Beispiel eine „Hassgesinnung" gegenüber Estland und Lettland Anfang der zwanziger Jahre scharf verurteilen ließ. Und die es ihn trotz aller Verlockungen im Kampf um die baltische Heimat strikt ablehnen ließ „dem Sog der NSDAP zu verfallen", wie er schreibt.

Dazu gehört sicherlich auch, dass er die Nähe des Führenden Bruders Otto von Kursell zu Adolf Hitler als dessen „persönliche Tragik" empfindet. Dass von Kursell „einer Suggestion Hitlers verfallen konnte", sei ihm unbegreiflich.

Außerordentlich bemerkenswert ist dann allerdings auch, wie es Heinrich von Baer gelingt, die wahrlich verwerflichen Wesenszüge des von ihm so hochverehrten von Kursell auszublenden. Er verklärt ihn geradezu als „künstlerische Geistesgröße von intensiver Intuition", von der „ein ganz ungewollter bezwingender Charme" ausginge. Das andere Gesicht des Otto von Kursell, der zum Beispiel schon in den frühen zwanziger Jahren aus freien Stücken sein zeichnerisches Talent vergeudete, indem er derbe antisemitische und antibolschewistische Hetzkarikaturen für Nazi-Postillen schmierte – diesen anderen Otto von Kursell indes sieht Heinrich von Baer nicht oder er will ihn nicht sehen.

Auch kaum ein Wort von all den anderen Nazi-Karrieren, von denen Filaretow schreibt: „Wie die Brüderschaft als Organisation wurden ihre Mitglieder aktive Teilhaber des nationalsozialistischen Herrschaftssystems; in diesem Sinne machten sie sich mitschuldig an dem, was folgte."**

Seine Charakteristik der Brüderschaft, sie sei „völkisch, elitär und ständisch orientiert gewesen", ist treffend. Dieses Gedankengut findet sich auch in den vorliegenden Lebenserinnerungen des Heinrich von Baer.

Und dennoch verdient die deutschbaltische Geschichte und damit auch die Geschichte des X-Ordens und der Baltischen Brüderschaft mit dem gebotenen Abstand selbstverständlich eine gebührende Würdigung. Die Aufzeichnungen des Heinrich von Baer bieten dazu einen Einblick in die vom Zeitgeist geprägten Denkstrukturen und lassen uns Geschichte in Geschichten erleben, dicht an den Menschen, die sie mitgestaltet haben.

Mit all den Brüchen und Widersprüchlichkeiten, die uns Menschen ausmachen und die mitunter schwer zu ertragende Erkenntnis bekräftigen: Es gibt keine schlichte Wahrheit.

Götheby-Holm, im Mai 2012   Thomas Kunkowski

Thomas Kunkowski, Jg. 1960, ist gelernter Journalist und Redakteur. Nach seiner Ausbildung beim Evangelischen Pressedienst (epd) war er zwanzig Jahre lang als Fernsehredakteur beim Norddeutschen Rundfunk (NDR) beschäftigt. Heute lebt und arbeitet er als Filmemacher, Lektor und Autor auf einem alten Bauernhof am Ostseefjord Schlei.

* Bastian Filaretow: Die Baltische Brüderschaft, in: Deutschbalten Weimarer Republik und 3. Reich, Bd.1, Michael Garleff (Hrsg.), Böhlau Verlag Köln Weimar, 2001
** a.a.O.

HEINRICH VON BAER
MEIN ERLEBNIS DER BRÜDERLICHKEIT
Aufzeichnungen aus dem Jahre 1979

VORWORT

Als ich einmal in einem Gespräch mit Bruder Schönfeld erwähnte, dass ich Erinnerungen über die verschiedensten Lebensabschnitte meines Lebens schriebe, fragte er mich, was ich in diesen Erinnerungen von meiner Zugehörigkeit zu brüderlichen Kreisen geschrieben hätte. Bruder Schönfeld war, wie ich selbst, ein ganz alter Bruder, der sowohl dem sogenannten X, als auch der Baltischen Brüderschaft, wie jetzt unserem Brüderlichen Kreis angehörte.

Er war erstaunt, als ich ihm mitteilte, dass ich in meinen Erinnerungen mit keinem Wort die Brüderlichkeit erwähne. Dies lag in meiner Scheu, dieses intimste Gebiet, das mich und meine Persönlichkeit geformt und gestaltet hat, schriftlich festgelegt preiszugeben. Es hat mich aber gleichzeitig gedrängt, dieses doch zu tun. Ja, ich fühlte mich dem Brüderlichen Kreis gegenüber verpflichtet, meine brüderliche Verbundenheit, ihre Entstehung und Auswirkung schriftlich niederzulegen. Dies will ich jetzt tun, wobei ich darauf hinweisen muss, dass mir hierzu keine schriftlichen Unterlagen zur Verfügung stehen. Diese Arbeit soll daher nicht als eine historisch-wissenschaftlich begründete, sondern subjektiv erfahrene angesehen werden.

TEIL I
DER GEHEIME VERBAND
DER ORDENSGRÜNDER – GENANNT X

DIE VORAUSSETZUNGEN

Da es sich beim X um eine ausschließlich baltische Angelegenheit handelt, muss ich auf die durch die Geschichte gegebenen Voraussetzungen näher eingehen. Hierbei muss ich ganz kurz gefasst über Verhältnisse berichten, die in meiner baltischen Heimat damals vorlagen.

Bereits 1816, als die Bauernbefreiung in Estland vom Landtag beschlossen wurde, war in dem Beschluss eine allmählich fortschreitende Beteiligung an der Landesverwaltung der estnischen Bauern vorausgesehen. Im Baltikum konnte ja bereits vor der Bauernbefreiung von einer Leibeigenschaft, wie sie im Russischen Reich bestand, nicht die Rede sein. Wohl gehörte das ganze Land, das auch die Bauern bearbeiteten, dem Rittergutsbesitzer, aber er hatte nicht das Recht, seine Bauern zu verkaufen. Wohl hatten sie Frondienst auf dem Rittergut zu leisten, aber weder der Bauer noch seine Kinder konnten gegen ihren Willen einem anderen Dienstherrn übergeben werden. Freilich bedurfte ein Fortzug – etwa in die Stadt – ja selbst eine Hausarbeit für andere als den Gutsherrn dessen besonderer Genehmigung. Nach der Bauernbefreiung wurde das Bauernland nicht einfach Besitz der Bauern, sondern er konnte das Land durch Fronarbeit oder allmähliche Geldzahlung ablösen. 1818 war schon die erste Landrolle fertiggestellt, bei der jeder Hof eingeschätzt und jeder Arbeitstag auf dem Gute als Abzahlung zu gelten hatte. Dabei konnte aber jeder einzelne auch von sich aus den Hof verlassen. Es war berechnet worden, dass etwa nach fünfzig Jahren bei Fronarbeit das Land freies Eigentum des Bauern würde. Diese freien Bauern bildeten dann eine selbstverwaltete Bauerngemeinde, die dann auch zur Verwaltung des Kreises und später des Landes mit herangezogen werden sollten. Diese vorgesehene Entwicklung verzögerte sich dadurch, dass die Bauern kein Interesse an einem vollen Eigentumsbesitz hatten, da ihnen das Land sowieso nicht genommen werden konnte, die Gutsbesitzer aber, solange das Land nicht Bauerneigentum war, für die Instandhaltung der Gebäude auf den Bauerngehöften aufzukommen hatten. So waren die Gutsbesitzer doch auf freie Landarbeiter angewiesen. Der Hauptgrund der Verzögerung lag aber an der russischen Regierung, die jede Sonderentwicklung des Baltikums nicht zulassen wollte.

1908 beschloss der Landtag mit den Führern der Esten Fühlung zu nehmen. Da dieser Beschluss ja an sich keine Verfassungsänderung enthielt, brauchte er auch nicht der russischen Regierung zur Genehmigung vorgelegt zu werden. Diese Verhandlungen mussten geheim geführt werden, da nur eine Andeutung solcher Pläne die entschiedene Ablehnung der russischen Regierung zur Folge gehabt hätte. Diese Versuche scheiterten hauptsächlich an der estnischen Bauernschaft, die sich durch eine Mitarbeit zu exponieren fürchtete und im Ganzen mit den bestehenden Zuständen zufrieden war. Trotzdem waren alle vier baltischen Ritterschaften darin einer Meinung, dass die alleinige Führung der Landesregierung durch die rein deutsche Ritter- und Landschaft überholt und dem Lande unzuträglich sei.

Ein Lichtblick eröffnete sich, als zum Generalgouverneur der Baltischen Provinzen der Generalmajor Baron Möller Sakomelski ernannt worden war, der viel Verständnis für die Bedürfnisse des Baltikums hatte. In längeren Sitzungen kam man auch mit den Vertretern der Letten und Esten zu folgendem Ergebnis: Es sollte eine gemeinsame Landesregierung der drei Gouvernements Estland, Kurland und Livland entstehen, die grundsätzlich keine Rücksichten auf Nationalitäten nähme, sondern auf einem Parlament beruhe, das aus einer Kurienwahl hervorgehen sollte, wobei die Kurien nach ihrer Bedeutung für das ganze Land festgesetzt würden. Es solle die gleiche Zahl der Kurienvertreter enthalten und zwar die Großgrundbesitzer, Kleingrundbesitzer, von den Stadtverwaltungen gewählte Städter, der Arbeiterschaft – und zwar sowohl der Stadt- als auch der Landarbeiter –, je zwei Vertreter der lutherischen und der orthodoxen Geistlichkeit und zwei Vertreter der Hochschulprofessorenschaft. Diese Zusammensetzung hätte jedenfalls eine deutsche Landesführung unmöglich gemacht, aber dennoch eine gewisse Mitsprache auch des baltischen Deutschtums gesichert. Dieses Projekt scheiterte leider am größten Politiker der neuen russischen Ära, nämlich am Premierminister Stolypin, der ein nächster Freund des Generalgouverneurs Baron Möller Sakomelski war, leider aber auch ein Russifizierer, der der Bedeutung des Russentums in den Baltischen Provinzen eine erhöhte Bedeutung zukommen lassen wollte. Er erklärte sich mit dem Projekt einer Zusammenfassung der Baltischen Provinzen aufgrund einer Kurienwahl einverstanden, beanspruchte aber eine nationalrussische Kurie einzufügen, die dieselbe Vertreterzahl stellen sollte wie die anderen Hauptkurien.

Diese Bedingungen waren unannehmbar, da sie der grundsätzlichen Bedingung der nationalen Nichtberücksichtigung widersprach und der russischen Bevölkerung des Landes eine ihr nicht zukommende Bewertung verliehen hätte. So mussten die Ritterschaften und Landtage gegen ihren Willen weiter die ganze Verantwortung für die Landesregierung tragen. Nach der Abdankung des Zaren 1917 fühlte sich die estländische Ritterschaft des Treueides entbunden, die sie dem Zaren als dem Herzog von Estland geleistet und den sie bisher in voller Loyalität gehalten hatte.

So war der Ritterschaftshauptmann Baron von Dellinghausen entschlossen, sofort Beziehungen zur Deutschen Heeresleitung und der Deutschen Regierung aufzunehmen, um eine wenigstens zeitweilige Besetzung des ganzen Landes herbeizuführen. Die deutschen Truppen hatten nach der Einnahme Rigas und eines kleinen Streifens Südlivlands ihren Vormarsch eingestellt.

Wohl hatte Lenin den liberal klingenden Grundsatz vertreten, dass ein bolschewistisches Russland jedem der Sowjetunion angehörenden Fremdvolk gestatten würde, sich von Russland zu lösen, aber uns allen war klar, dass es sich nur um eine Phrase hat handeln können. Weder den kaukasischen Völkerschaften noch der Ukraine ist es gelungen, eine Loslösung von Russland zu erreichen. Nur Finnland hat dann in schwerem Kampf die Freiheit erringen können, aber es war darin begünstigt, dass dort kaum russisches Militär gestanden hat, wodurch es Marschall Mannerheim gelungen war, eine eigene Armee aufzustellen. Dadurch, dass ich im Herbst 1917 in Dorpat auch an einer Geheimorganisation mitarbeitete, war mir bekannt, dass irgendwelche Beziehungen zu deutschen Regierungen angeknüpft waren, aber über den Inhalt dieser Verhandlungen wusste ich natürlich nichts. Diese Organisation hatte sich in Dorpat gebildet, um Möglichkeiten auszukundschaften, wie man am sichersten durch die Front schlüpfen könnte. Es war ein großer verzweigter Apparat, wobei alle Nachrichten in Dorpat zusammenliefen. Erstens waren es versteckte geflohene kriegsgefangene Deutsche, meist Offiziere, die durchgeschleust wurden. Dann einige junge Leute, die zum deutschen Militär wollten, dann besonders gefährdete und von den Bolschewiken gesuchte und schließlich prominente Unterhändler. Anfangs gab es einen ganz sicheren aber anstrengenden Weg ganz weit über Nordfinnland nach Schweden. Den ist auch ein Onkel von mir – Ferdinand v. B – mit seiner Familie gegangen, der aus dem Kaukasus fliehen musste, weil er sonst nach Sibirien verschleppt worden wäre. Dann ist auf diesem Wege leider u.a. ein Herr von Stryck nach Schweden gekommen, der ganz unautorisiert mit der Deutschen Botschaft verhandelt hatte und Versprechungen gemacht hatte, die von unserer Landesregierung nie gemacht worden wären, weil sie teils unerfüllbar waren, nämlich dass bei einer deutschen Besatzung des Landes die ganze Besatzungsarmee vom Lande verpflegt werden könnte, teils Zusagen einer Zwangsgermanisierung des Landes gemacht hatte, die von unserer Landesregierung abgelehnt worden wäre.

Ein zweiter teurer und gefährlicher Weg war der per Boot oder über das Eis von Südlivland nach Kurland, das bereits seit zwei Jahren von deutschen Truppen besetzt war. Dann bot sich ein einigermaßen sicherer Übergang bei Dünaburg. Auf diesem Wege ist sowohl der Landmarschall von Livland zu Verhandlungen mit der deutschen Heeresleitung, als auch der estnische Landrat Baron Alfred Schilling zur Verhandlung mit der Regierung und Parlamentariern nach Berlin durchgeschleust worden. Auch u.a. mein Vetter Hans von Baer, der zur Wehrmacht wollte. Der erschien aber bald über das Eis von der Insel Ösel her mit dem Auftrag, Unterschriften von estnischen Bauern zu sammeln, die um deutsche Besatzung bäten. Ein einfach wahnsinniger Einfall der deutschen Heeresleitung, der zum Verderben aller Unterschreiber führen müsste, zumal alle Listen wieder zur deutschen Heeresleitung zurückgebracht werden sollten. Als Baron von Dellingshausen davon hörte, verlangte er, dass alle Listen ihm abgeliefert würden, die er dann verbrannte. Die Sammlung selbst geschah meist durch die Pastoren, und das Resultat war überwältigend, bis zu 100% der Bauern hatten die Bitte um die deutsche Besatzung unterschrieben. Da wusste Baron von Dellingshausen, dass er wenigstens die estnische Bauernschaft hinter sich hatte. Dann verlangte die deutsche Heeresleitung, dass an einem bestimmten Tage ein Beschluss des Landtags zur Lossagung von Russland in Stockholm in Anwesenheit des deutschen Botschafters der russischen Botschaft übergeben werden sollte, worauf sofort der Vormarsch der deutschen Truppen zur Besetzung des Landes erfolgen würde. Bei der Zersetzung der russischen Front war ja jeder ernstliche Widerstand ausgeschlossen. Natürlich konnte kein Landtag unter den herrschenden Zuständen einberufen werden, aber der Ritterschaftshauptmann hatte die Vollmacht, eine solche Erklärung von sich aus abzugeben, die dann später vom Landtag gutgeheißen würde. Unter größten Schwierigkeiten gelangten drei Landräte zum festgesetzten Tage nach Stockholm, die diese Loslösungserklärung – von von Dellingshausen unterschrieben – in Vollmacht des Landtags dem Sowjetbotschafter überreichte, der diese natürlich nicht entgegennahm.

In der folgenden Nacht erfolgte nicht nur die Verhaftung Barons von Dellingshausen, sondern ein Erlass des sowjetischen Oberkommissars von Estland Anwelt, der die Vogelfreierklärung aller Angehöriger des Adels, Männer wie Frauen und deren Gesinnungsgenossen, enthielt. Natürlich wurde von Dellingshausen verhaftet und bald nach Petrograd transportiert, wo er zum Tode verurteilt wurde.

In Reval wurden die Herren in Massen verhaftet, desgleichen unsere Damen. Die Herren wurden in einen großen Getreidespeicher, den sogenannten Elevator, gebracht, die Damen in einen Marineoffiziersklub, in dessen Keller eine große Zahl Seeminen lagerten. Daher wurde dieser Klub „Die springende Mine" genannt, weil die Matrosen, die Wache hüten, immer mit der Sprengung der Minen drohten. Der deutsche Vormarsch blieb aus. Letzteres hing wohl mit einer Meinungsverschiedenheit zwischen Regierung, Parlament und Heeresleitung zusammen. Allenthalben erfolgten Morde und Plünderungen. In Dorpat dasselbe Bild, nur dass durch ein Missverständnis nur die Herren und nicht die Damen verhaftet wurden. Dabei wurden in der Suche nach Waffen Möbel zerschlagen und Klaviere zertrümmert. Tatsächlich wurden nirgends Waffen gefunden, obgleich vielfach, auch bei mir, versteckte Waffen unseres Selbstschutzes lagerten.

Die Not war groß, aber alle Übergänge zu deutschen Truppen hermetisch gesperrt. Günther Baron Zoege von Manteuffel, dem stellvertretenden Ritterschaftshauptmann, war es gelungen sich zu verbergen, dass er nicht gefunden würde. Da er keine andere Möglichkeit sah, eine Nachricht zu den Deutschen zu übermitteln, Männer jedenfalls waren ausgeschlossen, beauftragte er zwei junge Mädchen, von Wetter-Rosenthal und Lehbert, mit der genauen Beschreibung der chaotischen Zustände im nördlichen Baltikum, das gegen den Willen der Bevölkerung unrettbar dem Bolschewismus preisgegeben war, des Todesurteils über Baron von Dellingshausen aber auch einer Anzahl anderer Persönlichkeiten, der erfolgten Verhaftungen usw.

Diese beiden jungen Mädchen beherrschten die estnische Dorfsprache so perfekt, dass sie als Estenmädchen auftreten konnten und Liebesgeschichten mit ihren Bräutigamen, die in Dago leben sollten, vortäuschen konnten, so dass ihnen einfache Leute in dieser Sache geholfen haben. Dennoch war es ein unglaubliches Risiko, das sie um der Heimat willen auf sich nahmen. Dieser Eislauf von 32 Kilometern, bei dem sie mehrfach stundenlang in weiße Laken gehüllt sich vor den ständigen Patrouillen verbergen mussten, ist ihnen gelungen. Die Nachrichten, die sie brachten, waren so erschütternd, dass sofort allseits der Vormarsch als Sturmlauf der deutschen Truppen begann. Die eingeleiteten Friedensverhandlungen mit den Sowjets wurden bis zur Freilassung und Rückführung aller der aus dem Baltikum Verschleppten und der Aufhebung der Todesurteile unterbrochen. Von Dellingshausen und einige Führer der Esten wurden sofort entlassen, so dass ersterer schon im März wieder in Reval war und wenigstens einen Rumpflandtag einberufen konnte. Dieser fasste sofort den Beschluss, den seiner Zeit von Stolypin abgelehnten, nun selbständigen baltischen Staat zu gründen. Es wurde kein Anschluss an Deutschland, wohl aber die Schutzherrschaft Deutschlands über diesen Staat angestrebt. In ihm sollten die Nationalitäten der Esten und der Letten nicht getrennt werden. Da die lettische Bevölkerung stark den Sowjets zuneigte, bestand die Gefahr, dass ein rein lettischer Staat sich dem Bolschewismus zuwenden und dadurch zu einer Gefahr für eine estnische Republik werden könnte. Da aber die Politik der deutschen Besatzungsmacht im Gegensatz zum Plan von Dellingshausens auf eine Germanisierung des Baltikums hinauslief, wurde natürlich der von Dellingshausensche Plan von den reichsdeutschen Behörden verworfen. Trotzdem hat von Dellingshausen, hinter dem der estnische und der livländische Landtag standen, den Plan einer baltischen Staatsgründung nicht fallen gelassen. Nach dem Zusammenbruch Deutschlands wurde dieser zwar nicht verwirklicht, die angeblich aber angestrebte Germanisierungspolitik zu Unrecht uns Deutschbalten in die Schuhe geschoben. Das Klima in meiner Heimat war vergiftet.

Dass die Kurische Ritterschaft auf ihrem Landtag gleich nach der Besetzung durch die deutschen Truppen dem Verlangen von deutscher militärischer Seite so weit entgegengekommen ist und so weitgehende Zusagen in Betreff deutscher Besiedlung des Landes gemacht hat, wird verständlich, wenn man den Zustand berücksichtigt, in dem das Land sich nach dem Rückzug der russischen Truppen befunden hat. Ich habe während der deutschen Besatzungszeit Kurland, das so überaus fruchtbare „Gottesländchen" besucht und war erschüttert. Die Kriegszerstörungen waren gering, es war auch keine verbrannte Erde, die die Russen hinterlassen hatten, aber ein vollständig entvölkertes Land. Die russischen Truppen hatten den Befehl, alles, was noch irgendwie arbeitsfähig in der Bevölkerung war, sowie die ganzen Viehbestände bei ihrem Rückzug mitzunehmen. Das ganze Land lag brach. Die Bauernhöfe waren leer. Überall wuchs Gras, hohes Steppengras, das von niemanden geschnitten wurde. Man konnte nicht einmal mehr feststellen, wo früher ein bestellter Acker gewesen war. Auf den Gutshöfen sah es nicht besser aus. Selten sah man einen Acker, auf dem (freilich) das Korn herrlich stand. Verwilderte magere Schweine wühlten im hohen Gras. Ob die vertriebene Bevölkerung nach Friedensschluss zurückkehren würde oder überhaupt die Möglichkeit dazu haben würde, war fraglich. Bei uns lagen die Verhältnisse ja ganz anders, wenn auch der Krieg viel Opfer gefordert hatte, so hatten die fluchtartig davonlaufenden russischen Truppen ja gar nicht die Möglichkeit, das Land zu entvölkern. Daher würde jede größere Besiedlung des Landes auf Kosten der bisherigen Bevölkerung gehen.

Dies war nun auch eine Schwierigkeit, denn wenn wir genau den Besiedlungsbeschluss des Kurischen Landtags befolgen würden, was von uns von der Militärregierung verlangt wurde, würde keineswegs nur der Großgrundbesitz betroffen werden, sondern auch der estnische Bauernbesitz geschmälert werden. Hierin wie in manchen anderen Forderungen (z.b. Unterhalt der Besatzungstruppen vorwiegend aus den Landeserzeugnissen) musste durch das wegen der rigorosen Requirierungen durch die russische Besatzung landwirtschaftlich verarmte Land abgelehnt werden. So gab es leider auch während der deutschen Besatzungszeit manche Gegensätze.

Von Dellingshausen hat schließlich mit Beharrlichkeit sein Projekt eines Baltischen Staates, der nicht einen Teil des Deutschen Reiches darstellen sollte, auch bei der Militärbehörde durchgesetzt – aber erst am 9. November 1918, dem Tage der Abdankung des Kaisers.

Der überstürzte Rückzug der deutschen Truppen war keineswegs durch sowjetischen Druck herbeigeführt, sondern nur durch die Sehnsucht nach Heimkehr der deutschen Landser. Die Sowjets vermieden jeden Zusammenstoß mit den zurückweichenden deutschen Truppen, rückten aber sofort nach, um jeden möglicherweise sich bildenden Widerstand unmöglich zu machen. So kam es zur Besetzung des waffenlosen Landes. Und doch ist ein Unterschied in der Haltung der Bevölkerung Estlands und Lettlands dem Vordringen der Bolschewiken gegenüber festzustellen. Natürlich haben die Deutschbalten sowohl im Norden als auch im Süden zuerst versucht, Widerstand zu leisten, ehe sich noch im Norden das Baltenregiment bildete hatten sich schon Widerstandsnester gebildet, z.B. am Körwekruge(?), der zu Etz gehörte, wo auch bald zu den Balten sich estnische Hilfskräfte einfanden. Im Süden ist von lettischer Seite überhaupt kein Widerstandsversuch gemacht worden und nur die noch nicht organisierte Landeswehr hat beim Rückzug Widerstandsnester gebildet. Wie im Norden nicht allzu weit von Reval der Vormarsch aufgehalten wurde, so geschah es nicht nur durch das sogenannte Baltenregiment, sondern bereits durch reguläre kampffähige estnische Truppen.

Im Süden vor Libau ist der Vormarsch der Sowjets nur durch die Baltische Landwehr gestoppt worden. Die Befreiung Estlands ist bis Narwa hin hauptsächlich durch die Esten erfolgt, deren Oberbefehlshaber General Laidoner auch das Baltenregiment sowie eine Hilfsmannschaft finnischer Freiwilliger unterstellt war. Die Befreiung Lettlands ist bis zur Einnahme von Riga am 22. Mai 1919 nur durch deutsche Kräfte mit Ausnahme eines relativ kleinen lettischen Freiwilligenkorps unter Oberst Kolpark(?), das sich freilich gut geschlagen hat, erfolgt. Den Oberbefehl hatte General v.d. Goltz, der mit der Eisernen Division und einer Zahl von deutschen Freikorps den Vormarsch führte.

Die Regierung der Republik Lettland hat nicht nur durch Schikanen den Vormarsch zu verhindern versucht, sondern heimlich mit den Sowjets paktiert. Aus diesem Grunde wurde in Libau die Regierung durch den Stoßtrupp der Landeswehr verhaftet, nur dem Ministerpräsidenten Ulmanis gelang es auf einem englischen Kriegsschiff zu entkommen und zur estnischen Regierung zu gelangen. Hier spielt die englische Politik hinein. England suchte vor allen Dingen jeden deutschen Einfluss im Baltikum zu brechen, freilich auch nicht den Vormarsch der Russen zu fördern. Die estnische Regierung wünschte aber auch keine neue deutsche Invasion, wie sie sie im Vormarsch der Deutschen zur Befreiung Lettlands sah. So kam es in Hinzenberg zur katastrophalen Niederlage der Landeswehr gegen die reguläre estnische Armee, die sie anfangs für Bundesgenossen zur Befreiung des Landes hielt. Das waren aber nicht mehr schlappe Bolschewiken, sondern kampferprobte und vor allem durch die Engländer auch ausgezeichnet bewaffnete Feinde, die der Landeswehr und der Eisernen Division, die dabei noch versagte, gegenüberstanden. Nach der Schlacht bei Hinzenberg musste sich die Landeswehr auf das linke Dünaufer zurückziehen und alle reichsdeutschen Offiziere entlassen, vor allem den verehrten Kommandeur Fletcher. Das Kommando übernahm der englische Oberst Alexander, der trotz anfänglicher Ablehnung bald ein sehr geachteter Befehlshaber wurde. Dass die estnischen Truppen auch nach der Schlacht bei Hinzenberg weiter in Lettland eindrangen und mit der Räumung des Landes zögerten, lag wohl nicht in der Absicht, das Land zu besetzen, sondern in der estnisch-englischen Politik begründet, die Ulmanisregierung Lettlands zu zwingen, eigene Truppen zur Säuberung der Landschaft aufzustellen und den deutschen Einfluss zu schwächen. Trotzdem hat die Landwehr doch den Löwenanteil an der restlichen Säuberung des Landes von den Sowjettruppen in Lettland geleistet.

Um nun zu den Gründen zu kommen, die zur Bildung des Geheimvereins der Ordensgründer, nämlich dem X führte, muss noch einiges über die Stellungnahme der Deutschbalten im Exil in Deutschland und auch in der Heimat gleich nach der Gründung und allmählichen Festigung der baltischen neuen Republiken gesagt werden. Wenn man alle baltischen Publikationen im Reich in den Jahren 1920 und 1921 liest, wird man feststellen müssen, dass diese nicht nur eine Ablehnung des wohl stark linksstehenden Kurses der damaligen baltischen Republiken enthalten, sondern eine radikale Verurteilung ihrer Existenz darstellen; dasselbe – natürlich in gemäßigter Form – galt auch von den Deutschbalten, die in der Heimat, besonders in Lettland verblieben waren. Es sprach eine ausgesprochene Hassgesinnung diesen Staaten und ihrer Bevölkerung gegenüber aus allen Veröffentlichungen. Besonders die Letten wurden durchweg als Bolschewiken abgestempelt. Dass diese Völker ja nur bestehen könnten, wenn sie von Deutschen, denen sie ja überhaupt auch ihre Kultur verdanken, regiert werden, könnte als eine selbstverständliche Tatsache angesehen werden. Auf diesem Standpunkt standen größtenteils alle baltischen Organisationen im Deutschen Reich. Aber auch die Stimmung der Balten, besonders in Riga, war dadurch charakterisiert, dass jede Verbindung, ja Fühlungnahme zu der damals unter Ulmanis äußerst links stehenden Regierung des lettischen Staates als Verleugnung des Deutschtums angesehen wurden. Das Resultat war natürlich nicht nur eine Vertiefung des Deutschenhasses der lettischen Regierung, sondern eine innere stärkere politische Annäherung derselben an den Sowjetstaat und den Kommunismus. Die schrecklichen Morde in Riga, ja die Massenmorde und Seuchentode in den Gefängnissen wurden unbesehen der nichtdeutschen Bevölkerung der Heimat in die Schuhe geschoben. Besonders aber die Verächtlichmachung der Esten und Letten durch die Artikel in den Zeitungen trugen viel dazu bei, dass der Hass unter den Esten und Letten gegen das Deutschtum sich vertiefte. Das Bewusstsein der Deutschbalten in Deutschland, in den Esten und Letten Heimatgenossen, ja Glieder der Heimat zu sehen, war ganz geschwunden. Auch ich habe dies an Baltenabenden in Greifswald, wo ich damals studierte, direkt schmerzlich empfunden.

Eine Anzahl von Heimatkämpfern der Landeswehr empfand es schmerzlich, dass die Heimat, für die sie gekämpft hatten, durch eine solche Stellungnahme ihrer Volksgenossen weiter dem Bolschewismus in die Arme getrieben wurde. Sie wussten sich in ihrer Heimatliebe auch weiter verpflichtet, dieser Gesinnung ihrer Volksgenossen entgegenzutreten. Darin lag der Keim, der zur Gründung des X führte.

Es begann damit, dass ich unerwartet Briefe von einem Freunde erhielt, den ich ganz aus den Augen verloren hatte. Ich merkte, dass er mich irgendwie aushören wollte. So fragte er mich u.a., ob ich der Heimat ganz den Rücken gekehrt hätte oder mich auch jetzt noch ihr gegenüber verantwortlich fühlte. Nach mehreren Briefwechseln, bei denen wir uns auf diesem Gebiet restlos verständigt hatten, trat eine Pause im Briefwechsel ein.

Im September 1921 wurde in Dorpat und für die Philister im Reich in Greifswald das 100jährige Bestehen der Korporation Estonia gefeiert. Da ich mich nicht nur durch die Mehrzahl meiner Kameraden, die Estonen waren, sondern auch durch meinen Vater und Großvater und mehrere Onkel, die alle Estonenphilister waren, besonders mit der Estonia verbunden fühlte, freute ich mich, dass ich von meiner Fraternitas Baltica den Auftrag erhielt, an dem Festaktus der Estonia den Gruß der Fraternitas Baltica zu überbringen. Baron Eduard von Dellingshausen, der von mir hochverehrte letzte Ritterschaftshauptmann von Estland, war bei mir untergebracht.

Während dieser Festzeit trat ein Student aus Greifswald, mein Freund Werner Greiffenhagen, an mich heran mit der Aufforderung, an einem Abend teilzunehmen, der aber streng geheim bleiben muss und – wie ich auch zu den behandelten Fragen stünde – ich musste versprechen, kein Wort darüber in der Umwelt verlauten zu lassen. Es handele sich um die Heimat. Da mir alles, was die Heimatpolitik betraf selbstverständlich als streng geheim zu behandeln gleichsam in meinem Blut steckte, sagte ich zu.

Als ich hinkam, fand ich eine Versammlung von etwa vierzig Personen vor, die mir aus der Heimat durchweg bekannt waren; aber außerdem waren noch einige baltische Nichtestländer geladen.

Der Landrat Eduard Baron von Stackelberg eröffnete die Sitzung, indem er nochmals von allen Teilnehmern das Versprechen der vollsten Verschwiegenheit entgegennahm. Es war keiner, der auch nur die Frage nach dem Grunde dieser Verschwiegenheit gestellt hätte, denn das war uns allen durch die letzten Jahre unserer Heimatgeschichte in Fleisch und Blut gegangen und zur Selbstverständlichkeit geworden. Dann sagte er etwa, die Einstellung, die weite Kreise unserer baltischen Landsleute hier aber auch in der Heimat haben, habe in ihrem Verhalten den Sinn der Verantwortung für unsere Heimat verloren. Wir alle haben die Satanie, die hinter dem ganzen Sowjetsystem steht – den Bolschewismus – kennengelernt. Einst haben wir das Heiligste, das es gibt, den christlichen Glauben in unsere Heimat tragen dürfen, wir haben ihn als heiliges Gut den Letten und Esten bringen dürfen. Jetzt wo sie in größter Gefahr sind, der Satanie zu verfallen, dürfen wir uns ganz von ihnen wenden und durch unser Schmähen und unsere Verachtung von uns stoßen und damit unsere Heimat dem Satan überantworten? Aus diesem Grunde sind einige unserer Landsleute zusammengetreten und haben den geheimen Verein der Ordensgründer ins Leben gerufen.

Darauf verlas er das Statut. Dieses Statut trug einen vielleicht etwas utopischen Charakter, indem es gleichsam nicht nur die Sorge um die Heimat, ja nicht nur allein die Sorge um die Bolschewisierung der Welt enthielt, sondern gleichzeitig eine Hoffnung auf Erneuerung der Menschheit im Kampf gegen die bösen geistigen Gewalten, die diese Welt beherrschen, zum Ausdruck brachte. Ich konnte von Herzen jedes Wort unterschreiben – freilich den Kampf voll bejahend die idealistische Hoffnung nicht teilen. Aber es war ergreifend, zu diesem Kampf aufgerufen zu werden. Denn die Verantwortung vor Gott für unsere Heimat und Umwelt stand als wichtigster Grundsatz hinter jedem Wort.

Der Aufbau war folgender: Jeder, der dieser Gemeinschaft beitritt, soll sich lebenslänglich gebunden wissen, es sei denn, dass die Vorläufige Führung ihn dieser Verpflichtung entbindet. Die Pflicht ist Dienst, auch geistiger Dienst an der Umwelt und – vor allem – an der baltischen Umwelt und der Heimat, um die wir nicht im Sinne der Herrschaft, sondern, soweit es gegeben ist, der Befreiung vom Marxismus zu dienen haben.

Die Vorläufige Führung ist auch den Kreis der Brüder unbekannt und hält die Verbindung mit den Brüdern jeweils nur durch einen Bruder, den Statutenwart, aufrecht. Die vorläufige Führung erwartet regelmäßige Berichte über alles wichtige Geschehen und eben Leben und Geist aller Burgen (so wurden die Gebiete genannt) vom Statutenwart, der wohl das letzte Wort in den Aufnahmen der Brüder – aber nicht an ihrem eventuellen Ausschluss oder ihrer Entbindung hat. Die VF kann durch den Statutenwart Ratschläge oder Weisungen an den ganzen X oder an einzelne Brüder erteilen. Die Ratschläge sind nicht unbedingt bindend, aber die Weisungen haben absolut bindende Kraft. Die Burgen werden durch den Burghauptmann geleitet, der auch wie der Statutenwart Weisungen erteilen kann. Die Burghauptleute werden durch den Statutenwart benannt. Die Burghauptleute berufen die Brüder zu Prüfungen ein, die mit der Formel:„Prüfen wir unsere Herzen und läutern wir unsern Sinn – ich schließe den Ring" eröffnet werden. Das sind wohl die wichtigsten Angaben über das Statut.

Baron von Stackelberg fragte noch, ob Fragen gestellt würden. Außer einer nebensächlichen Frage, die gestellt wurde, fragte ich, warum Baron von Dellingshausen nicht eingeladen sei. Baron von Stackelberg antwortete, dass hierfür eine Weisung der VF vorliege, weil er sowieso unser Mann sei. Daraus schloss ich die falsche Annahme, dass er der VF angehöre.

Keiner fragte nach dem Grunde der Geheimhaltung des Personalstandes der VF. Letzteres wird heute wohl den meisten unverständlich sein; es hängt aber mit dem selbstverständlichen Vertrauen bei uns Balten auf die letzte Gewissenhaftigkeit der verantwortlichen Gremien zusammen. Uns wurde ein Monat Zeit zur Entscheidung, ob wir uns dem X anschließen wollen, gegeben, jedenfalls wären wir verpflichtet, eine Antwort an den damaligen Statutenwart Tom Girgensohn (l. Adjutant des Führers des Stoßtrupp der Landeswehr) nach Berlin zu schreiben. Ich schrieb schon nach einer Woche meine Zusage. Werner Greiffenhagen teilte mir später mit, dass Tom Girgensohn ihm geschrieben hätte, dass sämtliche damals Versammelten X-Brüder geworden seien.

Mit dieser Sitzung begann das Leben der Burg Greifswald. Der Burghauptmann war Werner Greiffenhagen. Beinahe jede Woche gab es eine Prüfung. Wir konnten ja sehr intensiv im X arbeiten, da wir ausschließlich Studenten waren, die wohl eifrig studierten, aber am Abend mehr oder weniger über unsere Zeit verfügen konnten. Wenn ich „Studenten" sage, so heißt es nicht, dass wir alle jung waren. So gehörte wohl als ältester unter uns Burghardt Baron von Freytag-Loringhoven, der frühere Ritterschaftssekretär der Öselschen Ritterschaft, der jetzt Chemie studierte, oder Siegfried von Sivers – bereits Dr. med. aus Dorpat – der hier neu studieren musste, um in Deutschland praktizieren zu können, unserem Kreise an. Von unserem baltischen Studentenverband in Greifswald waren nur drei nicht X-Brüder. Unser Baltenverband in Greifswald gehörte leider gerade zu der Sorte Balten, die nichts als nur verächtlich über die veränderte Heimat sprechen konnten und eigentlich nichts mehr von ihr hören wollten.

In unserem internen Kreise in den Prüfungen nahmen wir zuerst das Statut vor. Dies war ja kein trockenes Vereinssatzungs-Muster, sondern ein weitspannendes, sehr viele Fragen ansprechendes, eigentlich eher meditatives Werk. Es stellte uns in jedem Abschnitt vor neue Fragenkomplexe. Es stellte uns vor die Frage: Wissenschaft und Glaube. Reine Wissenschaft führt nur zu einer Halbwahrheit, weil es nicht einer Glaubenswahrheit Rechnung trägt. Eine entschiedene Abwendung vom Geist der Aufklärung und doch wieder mit einem leichten auflockernden Idealismus verknüpft. Es tut mir leid, dass es wohl kein Exemplar dieses überzeitlichen und doch den Fragestellungen der damaligen Zeit entsprechenden Elaborats mehr gibt. Da wir praktisch von Greifswald aus in das politische Leben wenig eingreifen konnten, konzentrierten wir uns darauf, zuerst das Niveau unserer Baltenabende zu heben. Es gelang uns in meinem früheren Domschuldirektor, der damals Direktor einer privaten höheren Mädchenschule war, gleichsam den kulturellen Leiter der Baltenabende zu gewinnen. Auch gelang es uns, den Theologen Professor Carl Girgensohn (früher in Dorpat) dazu zu überreden, gerade für die baltischen

Landsleute einen Kursus seiner experimentellen Religionspsycho-
logie zu halten, in der er – einer der schärfsten Denker, die ich je
erlebt habe – nachwies, dass der Intellekt in Fragen der Religion
eigentlich überhaupt keine Rolle spielt.

Professor Girgensohn haben wir es auch zu verdanken, dass er
den größten Gegner unserer vom X vertretenen Heimatgedanken,
den hochintelligenten, aber bösartig-sarkastischen Chefredakteur
(s. auch Anm. 2), der unsere(r) Ortszeitung durchaus zu einem
guten und vielgelesenen Blatt gemacht hatte, durch seine Fragen
so in die Enge getrieben hat, dass er einen Ausspruch tat, der alle
Anwesenden empörte. Er war Balte und Landsmann einer unserer deutschen Korporationen aus Dorpat. Es kam wieder das Gespräch auf die Heimat und die Frage, ob heute etwa Estland unter
den jetzigen Umständen noch Heimat genannt werden könnte.
Dieser Redakteur stand auf dem Standpunkt, dass nach der Behandlung, die die Balten von Esten erfahren hätten, wir Estland
nicht mehr eine Heimat nennen dürften. Da stellte Girgensohn
die Frage, was der Wert der Heimat sei. Der Redakteur meinte,
dass nur wir Deutschen durch unsere Kultur, die wir der Heimat
in diesem Butekudenland gegeben hätten, der Heimat ihren Wert
gegeben. Girgensohn fragte weiter, ob diese Werte nicht doch wenigstens teilweise in den Esten fruchtbar geworden seien. Nein,
meinte der Redakteur, es sei eine Schande, dass noch so viele sich
an die Heimat klammerten und sie nicht empört verlassen hätten,
lieber hier Hunger leiden, als unter diesen Butekuden, von denen
alles, was sie uns verdanken, beschmutzt und geschändet würde,
zu leben. Wenn alle Deutschen das Land verlassen hätten, dann
könnten wir ruhig diesen Erdwinkel den Kommunisten zum Fraß
zuwerfen. Dieses Wort empörte alle Anwesenden dermaßen, dass
sie gleich aufbrachen und den Abend sprengten.

So hatten wir in Professor Girgensohn und Direktor Eggers
zwei wertvolle Vertreter unserer Richtung gewonnen, natürlich
wären sie damals gewiss nicht dem X beigetreten.

Es erwachte unter uns X-Brüdern ein so gewaltiges neues Leben, das uns zusammenschweißte, und jeder im baltischen Leben
dem anderen einen Ball zuwerfen konnte, der gewiss geschickt
aufgefangen wurde. Damals lag das Zentrum des X in der großen
Burg (*eine Bleistiftnotiz: hier müsste der Begriff „Burg" genau
erklärt werden) Berlin.

Immer wieder, wenn wir uns freimachen konnten, fuhren wir auch zu X-Versammlungen nach Berlin. Damals habe ich auch als X-Bruder Werner Bergengruen kennengelernt, er wurde aber später seiner Verpflichtung als X-Bruder entbunden. Es gab nämlich im X offiziell keinen Ausschluss, sondern es wurde nur eine Entbindung mitgeteilt – ohne jede Begründung. Es konnte sich also ebenso gut um einen strafhaften Ausschluss als auch um eine dringend gegebene Trennung aus anderen Gründen handeln.

Einmal in der ersten Zeit meiner X-Zugehörigkeit fuhren mehrere junge Brüder auf eine Einladung eines Bruders (s. auch Anm. 3) zu einer Sitzung nach Berlin. Sie kamen tiefbeeindruckt heim und berichteten über eine große Versammlung, die ein älterer Bruder, den ich nicht kannte, einberufen hatte. Es war eine rein religiöse Veranstaltung. Dieser Bruder hatte etwas – ich möchte sagen – Phantastisches oder Prophetisches in seinem Wesen, das die jungen Brüder faszinierte, aber auch irgendwie befremdete. Einige Zeit darauf erhielten wir vom Statutenwart die Benachrichtigung, dass dieser Bruder und zwei andere ihrer Verpflichtung von der VF entbunden seien. Dieses erzeugte bei uns eine gewisse Unruhe, denn wir hatten wohl nicht zu Unrecht zwei der genannten Brüder dem Kreise der VF zugezählt. Es war damals wohl eine Richtungskrise in der VF eingetreten. Dieser eine Bruder scheint um sich eine Schar der jüngsten Brüder gesammelt zu haben, die gleichsam eine Sekte bildete. Er hatte etwas entschieden Suggestives an sich. Der andere – äußerst sympathisch – war ja der Verfasser des Statuts, das auch ausgesprochen seinem Geiste entstammte. Es ist möglich, dass er seine Ziele etwas utopisch auf – sagen wir: Veränderung der Menschheit – ausgerichtet hatte und von diesem Ziel nicht abgehen wollte, während die übrigen Glieder der VF eine Konzentration auf die Rettung der Heimat vor dem Bolschewismus als Wichtigstes im Auge behalten wollte. Der Dritte war mir unbekannt. Irgendwie muss aber auch bei einem von den Dreien eine verschwiegene Verbindung mit Freimaurerlogen bestanden haben, denn unmittelbar darauf erging eine allgemeine Weisung der VF, dass eine Verbindung mit der Freimaurerei mit unserem X unmöglich sei und bei jeder Neuberufung darauf zu achten sei, dass eine solche beim Neuberufenen nicht vorliege.

Es war ein doppeltes Ringen des X gleichzeitig gegeben. Die eine innere, die für eine Umstellung der baltischen Organisationen, die anfangs alle in der Hassgesinnung gegen die neuentstandenen Republiken befangen waren.

Ich erinnere mich noch an die Aufregung, die ein Artikel eines Balten, seines Namens kann ich mich nicht mehr entsinnen, bei uns aber vor allem auch in der englischen Presse erregt hat. Er war an ein englisches Blatt gerichtet und wandte sich gegen die englische Politik, die sowohl mit Waffenlieferung als auch vor allen Dingen finanziell den jungen Staat Esti unterstütze, da er damit gleichsam eine Horde von Räubern und Mördern finanziere. Dieser Artikel beschrieb ganz wahrheitsgetreu die entsetzlichen Geschehen im Baltikum mit all den vielen Massenmorden, Plünderungen, Verschleppungen usw., die während der Bolschewistenherrschaft vorgegangen seien, die er aber nicht als Taten der Bolschewiken, sondern durchweg als Taten der örtlichen Bevölkerung, vor allem der Esten darstellte.

Gegen diesen Artikel wandte sich ein X-Bruder, ebenfalls in einer englischen Zeitung. Der ganz ausgesprochen – aber darin in nobler Form – einerseits die Schilderung der Gräueltaten, die in der Bolschewikenzeit geschehen waren, bestätigte, andererseits aber entschieden ablehnte, diese Gräuel dem estnischen Volke als Schuld anzulasten. Mit gewissem Humor stellte er fest, dass die englische Politik dem estnischen Staate gegenüber gewiss nicht allein in der Liebe zu den Esten begründet sei, sondern auch gerade um den deutschen Einfluss im Baltikum zu brechen und nicht zuletzt um in der Verpfändung der Wälder Estlands einen sehr großen kommerziellen Vorteil zu gewinnen. Dennoch sei es zu begrüßen, dass durch die englische Hilfe der estnische Staat so gefestigt worden sei, dass heute die bolschewistischen Gräueltaten dort nicht mehr möglich seien. Dieser Artikel erregte einen Sturm des Unwillens nicht nur in weiten baltischen Kreisen, sondern auch die deutsche rechtsstehende Presse regte sich darüber auf, dass ein Balte die englische Hilfe dem estnischen Staate gegenüber begrüße, trotzdem er zugäbe, dass dadurch der deutsche Einfluss gebrochen werden sollte. Es war eben der verschiedene Begriff der Heimat, der das Baltentum spaltete. Waren wir Balten selbst nur die Heimat, die wir gleichsam mit uns hinaustragen konnten, oder war es das Land, dem wir unsere ganze Kraft geopfert hatten und dem wir uns weiter verpflichtet fühlten, es vor dem Untergang im Bolschewismus zu bewahren. Es war für uns das Land, dem wir so viel Dank schuldeten, den wir nie abzahlen konnten und dessen Schuldner wir blieben. Für mich gehörten die Esten immer als meine Heimatgenossen ganz zur Heimat. Der innerbaltische Kampf, den wir zu führen hatten, galt der Führung in den baltischen Organisationen. Dieser Kampf musste geführt werden um der Heimat und den Dienst an der Heimat willen. Dieser Kampf war einfach im Sturmlauf genommen.

Bald war Harald Rautenfeld Generalsekretär der vereinten baltischen Organisationen im Reich und Baron von Dellingshausen der Vorsitzende des Baltenverbandes, der einzigen Organisation, die von Mitgliedsbeiträgen ihre Kosten deckte. Die östlichen Baltenverbände lebten ebenso vom Nichts. Bei einer größeren Veranstaltung wurde eben alles so zusammengetragen. Wir Balten trafen uns zu sehr häufigen Baltenabenden in einem Nebenraum eines kleinen Restaurants, der nichts kostete und waren in eifrigen Gesprächen bei einem Glase Tee oder einem Grog immer bis zum Restaurantschluss versammelt. Zu größeren Veranstaltungen stellte Direktor Eggers seine Schulräume zur Verfügung, die wir Studenten um- und einräumten. Ja – wir haben sogar einen großen und sehr gelungenen Maskenball gehabt, zu dem eben jeder spendete, was er konnte, und wir sogar Besuch aus Misdroy empfangen durften.

Die wichtigste baltische Organisation war das Baltische Rote Kreuz. Sie war so wichtig, weil die Mehrzahl der Balten im Reich wie in der Heimat arm wie Kirchenmäuse waren. Wie nun der Zauberer Viktor von Rautenfeld, ein Vetter von Harald, die Leitung übernahm, fand er ganz unwahrscheinliche Wege, um Geld aus dem Inlande, ja sogar mehr noch aus dem Auslande zu erhalten. So hatte er sogar durch Vermittlung einiger katholischer Balten Spenden aus dem Vatikan mobilisiert. Eine solche größere Geldspende traf auch im Baltenverband Greifswald vom Vatikan ein, die uns sehr geholfen hat. Leider hat die Versorgung der Heimatgenossen besonders in Lettland wegen von dortiger staatlicher Seite gemachten Schwierigkeiten nur durch gelegentliche private Vermittlung durchgeführt werden können. Bald waren alle örtlichen Baltenverbände im Reich und die ganze deutsch-baltische Führung in Estland in den Händen von X-Brüdern. Nur in Lettland stießen wir auf starken baltischen Widerstand. Im Reich war die einzige Organisation, die uns Widerstand leistete, die in Rostock residierende Kurländische Ritterschaft. (Hier folgt ein von Heinrich von Baer durchgekreuzter Abschnitt, der am Schluss nach den Anmerkungen wiedergegeben wird.)

Anders war die Situation in Lettland, wie wir es nannten: in der Burg Livland. Da ich auch später mit den X-Brüdern der Heimat wenig in Berührung kam und die Zustände in der Burg Livland mir daher nicht aus eigener Erfahrung bekannt sind, will ich hierüber unter dem Vorbehalt falscher Beurteilung nur meinen Eindruck, den ich gewonnen habe, wiedergeben. Gleichzeitig kenne ich den Volkscharakter der Letten so wenig, dass ich mich auch hierin irren kann.

Auch in der Burg Livland haben wir eine größere Zahl von X-Brüdern gehabt, die sich jedoch nicht durchsetzen konnten. Soweit ich beurteilen kann, lag es an folgenden Umständen: Erstens war das Verhältnis der Deutschbalten zu den Letten schon an sich ein anderes als in Estland zu den Esten. Während der Este immer eine große Ablehnung dem Russentum gegenüber hatte, so war das bei den Letten nur dem zaristischen Russland gegenüber der Fall. Dem bolschewistischen Russland gegenüber standen die Letten weitgehend mit großen Sympathien gegenüber. Bereits in der Geschichte der Oktoberrevolution haben die lettischen Schützenregimenter eine große Rolle gespielt. Auch im ersten Zentralkomitee der Sowjets saßen zwei Letten, Frunse, der erste Kriegskommissar und Statschka, der Justizkommissar. Dazu kam, dass die erste Ulmanisregierung selbst sehr bolschewisten-freundlich war und sehr wenig zur Befreiung des Landes beigetragen hat.

Andererseits waren die Städte Riga und Mitau jedenfalls bis zum Ersten Weltkrieg ganz ausgesprochen deutsche Städte. Die deutschen Städte konnten sich nicht daran gewöhnen und wollten wohl auch nicht, dass sie nicht mehr das große Wort führen konnten. Dass sie mit der Ulnianisregierung nichts zu tun haben wollten, ist selbstverständlich, aber die Missachtung des lettischen Volkes, die sie anfangs jedenfalls deutlich zur Schau trugen, war nicht dazu angetan, die Kluft zwischen Deutschen und Balten zu verringern. Dazu kam möglicherweise auch eine Beeinflussung seitens der kurländischen Ritterschaft aus Rostock. Baron von Fireks war der Führer der größten deutschen Partei in der Heimat. Außer ihr gab es nur eine kleine und bedeutungslose ganz links stehende Partei, die unter der Führung von Paul Schiemann stand und weitgehend mit der Politik Ulmanis einverstanden war.

In der Zeit tauchte in Greifswald Dr. Paul Schiemann auf, der in einem Baltenabend sprach, wobei er sich weitgehend hinter die Politik der Ulmanisregierung stellte. Natürlich fand er keinen Beifall. Das Merkwürdige aber war, dass er vor einer anscheinend organisierten Bewegung baltischer Studenten warnte, die es darauf abgesehen habe, in Deutschland und im westlichen Europa das lettische Volk zu diskreditieren. Er sagte sogar, dass, wenn es so weitergehe, die Ulmanisregierung sich veranlasst sehen würde, nicht nur eine Agrarreform der Güterenteignung, sondern auch eine Enteignung des ganzen deutschen städtischen Besitzes zu beschließen. Darauf antwortete unser X-Bruder Baron von Freytag-Loringhoven. Er selbst sei wohl älter, aber immerhin Student und kenne die Strömungen in der lettischen Studentenschaft in Deutschland so gut, dass die Vorstellung, dass eine solche Organisation bestünde, die es darauf abgesehen habe, das lettische Volk als solches zu diskreditieren, jedenfalls nicht bestünde. Leider müsse er zugeben, dass das Verhalten der Ulmanisregierung selbst viel dazu beitrage, das lettische Volk bei den Demokratien des Westens zu diskreditieren. Es entspann sich eine hitzige Debatte, bei der wir X-Brüder uns innerlich amüsierend gegenseitig die Bälle zuwarfen. Ob aus eigenem Antriebe oder vielleicht in Einverständnis mit der Ulmanisregierung diese Rundreise Schiemanns durch viele Baltenvereine im Reich erfolgte, das weiß ich nicht. Ich weiß aber, dass auch noch etwa vor einem Jahr ein baltischer Historiker behauptete, die Baltische Brüderschaft – von X wusste er natürlich nichts – habe stets zu einem Lettenhass getrieben und sei eine extrem faschistische Organisation gewesen – und das noch in einem Vortrag vor der Humboldtgesellschaft. Zwischen diesen beiden Lagern in dem Baltentum der Burg Livland konnte sich die X-Gesinnung nicht wie in Estland durchsetzen.

Das Erstaunlichste der Organisation des X war, dass Geld bei uns überhaupt keine Rolle spielte, denn wir hatten keines. Es gab keine Kasse oder Kassenverwaltung. Alles lag auf einem hingebenden ständigen Opfer der einzelnen Brüder. Hier war der Grundsatz des Ehrendienstes der Heimat auf die Spitze getrieben. Nur ein Beispiel freilich aus einer etwas späteren Zeit, in der ich manche Reise im Dienste des X unternehmen musste. Auf der Durchfahrt in Berlin hatte ich Geld aus einer Bank geholt. Wie ich aus der gedrängt vollen Straßenbahn aussteige, merke ich, dass das Futter meines zugeknöpften Mantels unten heraushängt. Wie ich nach der inneren Manteltasche greife, stelle ich fest, dass das ganze Geld gestohlen ist. Ich hatte überhaupt nichts mehr bei mir. Da ging ich zu Bruder Georg Manteuffel, der ganz nahe wohnte, und bat ihn, mir ein wenig Geld zu leihen. Da sagte er, wenn Du vor einer Woche gekommen wärest, könnte ich Dir nichts geben. Jetzt habe ich das erste Geld nach dem russischpolnischen Krieg von meinen Besitzungen in Polen erhalten. Er griff in seine Tasche und gab mir fünfhundert Mark, schon sogenannte Rentenmark und sagte dazu, das ist natürlich kein Darlehen an Dich, sondern eine X-Spende, da Du ja für den X reist. Natürlich erwarte ich keine Rechenschaft von Dir. So war es eben, was dringend notwendig war, das brachte man auf, wenn man auch möglichst Bummelzug 4ter Klasse reiste. Im X spielte das Geld tatsächlich keine Rolle, trotzdem die Mehrzahl der Brüder von der Hand in den Mund lebte.

Damals sprudelte das baltische Leben – hauptsächlich durch den X getragen – auf. Denn außer des Dienstes an der Heimat lag uns ja der Dienst am Baltentum selbst am Herzen, um der baltischen Gesinnung eine neue positive Wende zu geben. Die Zahl der X-Brüder war überaus groß und übertraf die Zahl der späteren Brüder der Baltischen Brüderschaft.

Bald nach der scheinbaren Krise, die in der VF selbst erfolgte, wurde Tom Girgensohn als Statutenwart durch Bruder Siegfried Sivers in Greifswald abgelöst. Diese überraschende Ernennung eines Statutenwarts aus einer riesengroßen Burg wie Berlin in eine bedeutend kleinere, aber voll intensivem Leben wie Greifswald, ist bezeichnend. Mir scheint, dass die VF es wünschte, dass der Statutenwart von einer Burg mit sehr intensivem Leben getragen würde, nämlich dass er in seinem so verantwortungsvollen Amt etwas von diesem Leben seiner Heimatburg zur Belebung der anderen Burgen hinaustragen würde.

Damals sprach man von der Greifswalder X-Orthodoxie. Denn die Burg, in der der Statutenwart beheimatet ist, tritt gleichzeitig in den Mittelpunkt als X-Zentrale. Als 1923 Bruder Sivers eine Praxis als Arzt antrat, wurde zu meiner großen Überraschung – ja Erschrecken – mir das Amt des Statutenwarts übertragen (s. auch Anm. 5). Dieser riesigen Verantwortung fühlte ich mich nicht gewachsen. Weisung der VF war unwiderrufliche Weisung. Der Statutenwart war ja die einzige Verbindung mit der VF. Er vertrat sie allein den Brüdern sichtbar. Er hat der VF gegenüber Bescheid zu geben über jede Burg und ihre Tätigkeit und ihr Leben. Wie ich schon bemerkt habe, hatte ich als Statutenwart wenig mit den Heimatburgen zu tun. Da waren einerseits die VF-Brüder, die vielfach als sogenannte politische Beauftragte des X diese Burgen bereisten, denn da ging es ja nicht durch schriftliche Weisungen oder Ratschläge die Arbeit zu erledigen, denn schriftlicher Verkehr mit den Heimatburgen war der Sicherheit wegen ausgeschlossen. Sonderbarerweise wurden auch solche politischen Beauftragte nicht als VF-Glieder erkannt. Es gab Weisungen nur an mich gerichtet, die ich gleichsam als von mir ausgehend weiterzugeben hatte, denn auch ich hatte ja das volle Weisungsrecht über das ganze Deutsche Reich. So ergingen Weisungen von mir, die ich als VF-Weisungen kennzeichnen sollte. Ich hatte z.B. die Vollmacht der Ernennung der Burghauptleute von mir aus, natürlich musste ich darüber der VF berichten und zwar mit Begründung. Besucht habe ich die Burgen Berlin vielfach, Misdroy vielfach, Tübingen, Freiburg, München, Leipzig hatte ich jedes Mal während meines Jenabesuches dorthin bestellt, Rostock. Nicht besucht habe ich Hamburg, Köln- Rheinland, Königsberg-Danzig und Breslau. Überall hat es gut und vorzüglich geklappt, nur Jena hat mir viel Kummer bereitet. Ich musste dreimal allein Jena besuchen und habe jedes Mal Leipzig eigentlich zu meiner Unterstützung bestellt und dreimal einen neuen Burghauptmann ernennen müssen. Kein Jenaer Burghauptmann hat sich bewährt. Alle waren lässig, keiner flammte für den X. In Berlin war es anders, da hatte ich einen sehr tüchtigen Burghauptmann und einen großen aktiven Kern, aber bei der Größe der Burg gab es immerhin eine größere Zahl Brüder, die sich abseits hielten und nicht regelmäßig zu den Prüfungen erschienen. Ganz hervorragend war München, damals war Burghauptmann der sogenannte Burendoktor von Rennenkampf, der zwar Mediziner war, aber nur eigentlich im Kriege aktiver Arzt, sonst war er praktischer Landwirt, der in Estland Gutsbesitzer war und in Bayern nicht weit von München einen größeren Bauernhof bewirtschaftete. Der hatte es dazu gebracht, dass er im X in München jedem seiner vielen Brüder eine Sonderarbeit zugeteilt hatte, über die jeder zur Prüfung zu berichten hatte. Ich erlebte es, wie er wieder in einer Prüfung eine neue wichtige Frage zur Bearbeitung vergeben wollte. Da sah er jeden persönlich an und sagte: mit dieser Aufgabe beauftrage ich wohl Bruder Rennenkampf. Im Verkehr mit der VF war ich immer wieder erstaunt über die Weis heit dieser Führung. Sie war sehr sparsam an Weisungen, oft stellte sie sich mir beratend zur Verfügung, eine Weisung zu erteilen. Nie hat sie einen Vorschlag von mir, eine Weisung zu erteilen, unberücksichtigt gelassen. In meiner Zeit waren leider drei unfreiwillige Entbindungen (lies: Ausschlüsse) erfolgt, ich hätte vielleicht lieber mehr – und zwar in Berlin und Jena – gesehen. Bruder Sivers teilte mir mit, dass er mehrfach hat Rügen der VF einstecken müssen. Ich nur eine, aber dafür eine sehr kräftige. Es handelte sich um einen sonst sehr guten Bruder in einer guten und eifrigen Burg, der heimlich eine absolute Straßendirne geheiratet hatte. Bei uns im X bedurften die Heiraten der Einwilligung des Statutenwarts. Er wusste, dass er in diesem Falle nie eine Einwilligung erhalten würde. Da es eine sehr gute Burg war, in der auch viel Familienverkehr unter den Familien der Brüder gepflegt wurde, war die Aufregung groß, und der Burghauptmann forderte immer dringender die Zwangsentbindung (Ausschluss) des Bruders von mir. Da keiner wusste, wie weit meine Kompetenz reiche, und ich dazu die Genehmigung oder vielmehr die Weisung der VF benötigte, entstand dort in der sonst so disziplinierten Burg direkt eine angehende Rebellion. Da ich keine Antwort auf meine vielen Schreiben seitens der VF erhielt, so setzte ich drei Wochen als Termin fest; falls in der Zeit keine Antwort von der VF käme, müsste ich annehmen, dass ein Ausschluss genehmigt sei. Als auch da eine Antwort ausblieb, vollzog ich machtüberschreitend die Entbindung dieses Bruders. Zwei Wochen darauf erhielt ich einen vollberechtigten äußerst scharfen Verweis für diese Machtüberschreitung, bei der aber zugleich sachlich meine Entscheidung gebilligt wurde. Wie ich dann in einer persönlichen Aussprache mit VF-Brüdern feststellen konnte, trug die Verzögerung der Entscheidung der VF folgenden Grund: Es lag ja der ganze Briefwechsel zwischen mir und diesem Bruder der VF vor. Und gerade der letzte Brief an mich, der auch mich tief erschüttert hat, veranlasste einen Bruder der VF zu einer persönlichen örtlichen Überprüfung der Angelegenheit. Da diese Burg, der er angehörte abseits lag, die VF-Brüder ja auch im Arbeitsleben standen, konnte diese Überprüfung nicht gleich erfolgen. In meiner Korrespondenz mit diesem Bruder musste ich schließlich zu dem Mittel greifen, dass ich ihn direkt fragen musste, ob es zutreffe, dass die Frau, die er geheiratet hatte, eine Straßendirne gewesen sei. Da er einer Dorpater Korporation angehörte, erwartete ich eigentlich eine Forderung seinerseits. Die Antwort lautete, dass er durch Anhänglichkeit und Achtung vor dem X davon absehen müsste, sich hinter einem Ehrbegriff zu verschanzen, sondern sich genötigt sehe, die volle Wahrheit auszusprechen und die lautete: „Ja, meine jetzige Frau war im vollsten Sinne eine Straßendirne." Aber es ist gewiss, dass sie durch die Ehe ihren ganzen Lebenswandel ändern würde. Dieser offene Brief hat sowohl mich als auch die VF-Brüder tief ergriffen. Wie dann endlich einer der VF-Brüder an Ort und Stelle die Situation überprüfte, konnte er feststellen, dass die Frau selbst einen ernsten Eindruck machte, aber das sie umgebende Milieu einen ganz erschütternden Eindruck von Heruntergekommenheit und Verlotterung machte und sie so stark auch gegen ihren Willen mit dieser Umwelt verknüpft sei, dass es ihr eine Unmöglichkeit sei, ganz vor dieser Umwelt loszukommen. Ich konnte zu meiner Entschuldigung nur fragen, warum mir im Laufe von dreiviertel Jahren vollen Schweigens in dieser Angelegenheit nicht wenigstens eine Begründung dieser Verzögerung mitgeteilt worden wäre, ein Fehlgriff hierin wurde mir auch von der VF zugestanden.

Wenn ich schon vorher meinte, ganz dem X anzugehören, so trat ich durch meine Berufung zum Statutenwart vollständig in den Mittelpunkt sowohl der Befehlsgewalt als der Verantwortung im X (s. auch Anm. 6). Gewiss wussten alle X-Brüder schon aus der Kenntnis des Statuts, dass die wirkliche Leitung in der VF lag, da aber die VF nur durch meine Vermittlung erreichbar war, schauten eigentlich alle auf mich als den Befehlsvermittler. Oft wurde eine Anfrage von mir an den VF mit einem: „Der Statutenwart hat in dieser Frage selbst zu entscheiden" beantwortet. Mehrfach kam eine Weisung der VF mit dem Vermerk als „Weisung des Statutenwarts" zu vermitteln. Eigentlich nur in ganz grundsätzlichen Fragen war eine Weisung als „Weisung der VF" weiterzugeben. Ich hatte als Statutenwart das sogenannte „Blaue Buch" zu führen, das alle X-Brüder mit Namen und Anschrift und Fernsprecher enthielt. Es war nur einmalig, stand aber allen Brüdern zur Einsichtnahme zur Verfügung. So musste ich vielfach Anfragen wegen Anschriften beantworten. Es gab aber das andere streng geheime Buch der besonderen Vermerke, das nur zur Benutzung des Statutenwarts zur Verfügung stand, und wenn ich mich aus bestimmten wichtigen Gründen veranlasst sah, dort einen Vermerk einzutragen, so musste ich denselben Vermerk auch der VF mitteilen, die ihrerseits ebenfalls einen Vermerk mir mitteilte, der in dieses Buch eingetragen werden sollte.

Als ich als Hilfsprediger nach Wolgast berufen wurde, ist an meiner Stelle (Jahr ?) Bruder Willy Recke (Baron Wilhelm v. der Recke-Neuenburg) in Misdroy berufen worden (s. auch Anm. 6).

Dass jede Möglichkeit einer Beeinflussung des politischen Lebens der Heimat nur im Geheimen erfolgen kann, war uns in Fleisch und Blut übergegangen, aber es handelte sich beim X ja gar nicht nur um eine politische Angelegenheit. Ich z.b. habe auf politischer Ebene sehr wenig getan und schon deswegen, weil in den ersten Jahren jedenfalls mir der Weg zur Heimat Estland dadurch versperrt war, dass mir aus mir noch heute unbegreiflichen Gründen der Weg durch ein Einreiseverbot gesperrt war. Ich galt der Republik Estland als „persona non grata", weswegen weiß ich nicht. Jedenfalls sind mir mehrere Gesuche um die Einreiseerlaubnis ohne Grundangabe in den zwanziger Jahren abgelehnt worden.

Das Politische stand ja gar nicht ausschließlich im Vordergrunde des X. Sondern eine vollständige Gesinnungsänderung auch in den baltischen Kreisen, aber wir suchten auch Anschluss an Gesinnungsverbündete in deutschen, ja tastend auch in außerdeutschen Kreisen Westeuropas. Wir nahmen Verbindungen zu auslandsdeutschen Kreisen auf. Ich habe zum ersten Mal in dem X-Statut die deutliche Erkenntnis zum Ausdruck gebracht erkannt, dass es sich um eine Abwehr satanischer Kräfte handelt, denen wir nur im christlichen Glauben begegnen können. Diese strikt durch das Statut befohlene Geheimhaltung war ja auch im Statut nur als eine vorläufige notwendige Maßnahme begründet. Dort war sie in die Feststellung motiviert, dass jedes keimende Leben des Schutzes der Verborgenheit in der Erde oder im Mutterleibe bedürfe bis soweit geprüft sei, dass sein Leben auch dieses Schutzes der Verborgenheit nicht mehr bedürfe (s. auch Anm. 8). Die „Geheimgemeinschaft der Ordensgründer" sei erst als ein Same anzusehen, der auf Hoffnung der schützenden Muttererde übergeben werde, da er noch nichts Fertiges sei und deswegen des Schutzes bedürfe. Sollte er sich so weit entwickelt haben, dass er dieses Schutzes nicht mehr bedürfe, so wird er an die Öffentlichkeit treten. So etwa war im Statut die Notwendigkeit der vollen Geheimhaltung begründet. Die Geheimhaltung der VF vor allen anderen Brüdern war im Statut überhaupt nicht begründet, so dass ich hierüber nur Mutmaßliches sagen kann. Jedenfalls sollte die jetzt geforderte Geheimhaltung nie mit zum Inhalt unserer Gemeinschaft gehören. Dass uns die volle Geheimhaltung bis zur Auflösung des X geglückt ist, ist mir noch heute ein Rätsel. Erstens schon der Zusammenhalt der X-Brüder ist von niemandem als wirklich organisiert, sondern nur als gute Freundschaft verstanden worden. Das „Du" unter den Brüdern ist nicht so aufgefallen, weil das „Du" unter den Balten überhaupt verbreitet war. Frühere Schulkameraden duzten sich selbstverständlich, Mitglieder unserer Korporationen desgleichen, auch alle Kameraden der Landeswehr und des Baltenregiments. Ja, es war sogar eine Selbstverständlichkeit, dass alle baltischen Pastoren von dem Augenblick der Ordination an, die nach unserer baltischen Sitte mit dem Bruderkuss geschlossen wurde, sich nur als „Bruder" (nicht „Amtsbruder") und mit Du anredeten. Sei es nur ein junger Pfarrer oder ein Generalsuperintendent.

Als ich einmal in Berlin zu Besprechungen war, fand ein großes Baltenfest statt. Es muss etwa 1921 oder 1925 gewesen sein, also in der Zeit, als ich Statutenwart war. Ich wohnte bei der Familie des damals ausgezeichneten Burghauptmanns von Berlin. Als ich bei dieser Veranstaltung am Tisch meiner Gastgeberin saß, fiel mir auf, dass sie sich mit den Frauen von Brüdern duzte, aber mit den Frauen von Nichtbrüdern natürlich siezte. Als wir am nächsten Morgen, als der Mann schon zur Arbeit und die Kinder in die Schule gegangen waren, frühstückten und ich mit seiner Frau allein war, da fragte ich sie, wie es käme, dass sie so viele baltischen Frauen duze. Da sagte sie, dass es einen Kreis von Frauen gäbe, deren Männer in so naher Freundschaft verbunden sind, dass auch sie beschlossen haben, sich zu duzen. Dann sagte sie ganz offen, sie nähme sicher an, dass ich erfahren wolle, was sie von der geheimen Gesellschaft wüsste, zu der ihr Mann und auch ich gehören. Fragen Sie mich ruhig aus, sagte sie, ich werde auf jede Frage ehrlich antworten. Auf meine Frage hin erzählte sie, dass sie natürlich wisse, dass ihr Mann einer baltischen Geheimgesellschaft angehöre, wie sie sich nennt, wisse sie nicht. Sie müsse bei vielem, an dem ihr Mann teilnimmt, annehmen, dass er in diesem Verein eine besondere Rolle spiele. Sie müsse annehmen, dass dasselbe auch von mir gelte, da ihr Mann gesagt habe, er freue sich besonders, dass ich ihr Gast sei, da ich ein besonderer Freund von ihm sei. Auch habe er ihr aufgetragen aufzupassen, dass ich keine Ausgaben hätte, da er ja einer der wenigen Balten sei, der eine sehr gute Anstellung habe. Darum hätten sie auch immer Gäste im Haus. Wenn sie auch wirklich nichts Genaues über diesen Verein wüsste, so habe sie doch durch die hochinteressanten Gespräche, an denen sie teilnehmen könne ein sehr anregendes Leben und nähme gerne in Kauf, dass sie an vielen Zusammenkünften in ihrem Hause nicht teilnehmen dürfe und dass sie immer in größter Sorge sei, dass niemand im Hause horche. Besonders ihre Tochter (damals etwa zehn Jahre alt) und ihr Dienstmädchen seien krankhaft neugierig. Darum hätte sie abgemacht, dass ihr Mann einfach die Tür, die zur Treppe führt, abschließt. Es habe deswegen einen kleinen Tanz mit dem Dienstmädchen gegeben, es sei so gerne bei ihnen, dass sie sich einverstanden erklären musste. Als ich aber fragte, was wohl ihr Mann für diese Gastlichkeit usw. ausgäbe, sagte sie mir, dass sie mir diese Antwort verweigern müsste, da es gegen den Willen ihres Mannes wäre hierauf zu antworten. Jedenfalls hätte sie ja ein auskömmliches Leben. So oder in ähnlicher Weise müssen alle Frauen der Brüder zur Wahrung des X-Geheimnisses gestanden haben, denn weder durch die Frauen noch durch die ausgeschiedenen Brüder ist etwas über den X in der Öffentlichkeit bekannt geworden. Dies ist wirklich ein erstaunlicher Erfolg gewesen. Wir selbst meinten, dass es eigentlich bei der Intensität unseres Einsatzes längst bekannt gewesen sein müsste, dass es sich bei X um einen Geheimorden handele. Wie wenig Letzteres der Fall war, konnten wir erst später feststellen. Der schlagende Beweis dafür war, dass Baron von Dellingshausen, der ständig weitgehend mit vielen X-Brüdern zusammengearbeitet hatte, mir später mitteilte, dass er wohl für die weitgehende Unterstützung, die er von diesen Persönlichkeiten erhalten habe, sehr dankbar gewesen sei, aber gar nicht auf den Gedanken gekommen sei, dass er dabei von einer wirklich organisierten Bewegung die Unterstützung erfahren habe. Es war so, dass er tatsächlich unser Mann war, ohne X-Bruder gewesen zu sein.

Es ist so, dass wir auch nach der Auflösung des X durch die VF uns weiter nicht berechtigt fühlten, uns über die Tätigkeit und das Wesen und Wollen des X auch mit Brüdern der Baltischen Brüderschaft, die nicht zum X gehörten, zu sprechen. Dies ist auch der Grund, warum ich in den Erinnerungen, die ich geschrieben habe, nichts vom X, ja nicht einmal ein Wort über die Baltische Brüderschaft erwähnt habe. Die Unkenntnis über den X ist auch bei den später hinzu gekommenen Baltischen Brüdern so groß, dass, als ich in der Korrespondenz mit einem jahrelangen Baltischen Bruder zufällig erwähnte, dass ich eine Zeitlang als Statutenwart der einzige X-Bruder gewesen sei, der damals die Verbindung zur VF, also der geheimen vorläufigen Führung gehabt hätte, ganz entsetzt darüber war, dass es so etwas im X gegeben hätte.

Wenn ich auch jetzt wohl noch der einzige lebende Mensch bin, der etwas über die Zusammensetzung der VF im Bilde ist und der dies Geheimnis mit in den Sarg nehmen will, so glaube ich doch, dass es angebracht ist, wenn ich meine mutmaßliche Begründung der Existenz einer geheimen Führung des X mitteile (s. auch Anm. 9).

Ich bin der Meinung, dass dies sogar eine weise Einrichtung war. Diese VF-Brüder wollten stets als einfache Brüder mitten in der X-Arbeit angesehen werden, ohne eine Scheu in ihrem Verkehr mit den übrigen Brüdern zu erwecken. Als ich Bruder Willy Recke das Amt des Statutenwarts zu übergeben hatte, wurde nicht gleich die Verbindung zu ihm seitens der VF hergestellt, sondern ich diente weiter als Deckadresse. Natürlich wird er angenommen haben, dass ich jetzt Glied der VF gewesen sei. Immer erhielt ich von einem VF-Bruder gleichzeitig ein Begleitschreiben und ein Schreiben zur Weitergabe an Recke. Ich wusste, weswegen dies geschah. Bruder Recke stand sich mit einem VF-Bruder ganz besonders nah und sollte nicht diese unbefangene Brüderlichkeit zu ihm verlieren. Es war eben doch die Frage der unbefangenen Brüderlichkeit und die Frage der autoritären Brüderlichkeit (s. auch Anm. 10), die durch die Geheimhaltung der VF nicht vermischt werden sollte. So ging es längere Zeit, bis mir ein Versehen unterlief, indem ich statt der Weisung an Recke den Begleitbrief an mich, der gerade von dem VF-Bruder unterschrieben war, der Recke ganz besonders nahegestanden hatte, sandte. Recke bekam direkt einen Schock, als er feststellte, dass gerade der Bruder, mit dem er vollständig unbefangen verkehrt hatte, zum VF gehörte. Mir war es seiner Zeit ähnlich gegangen. Auf diesen Punkt werde ich aber näher eingehen, wenn ich die Baltische Brüderschaft bespreche. Wohl war unbedingt die Autorität der Führung des X notwendig, aber die Brüder der VF wollten, dass ihnen, die in unserer Mitte standen und wirkten, nicht das Merkmal der Autorität anhaftete.

Wohl allen Brüdern, auch dem damaligen Statutenwart Recke kam der Beschluss der Auflösung des X und damit der Entbindung von allen X-Verpflichtungen ganz überraschend. Gleichzeitig erfolgte durch die VF als letzte Handlung der VF die Gründung der Brüderschaft mit der von der VF vorgelegten Verfassung der Baltischen Brüderschaft und der Ernennung von Bruder Otto von Kursell zum Führenden Bruder. Ich kann die Motive nicht deuten, die die VF Brüder in dem Zeitpunkt zu dem Entschluss geführt haben. Ich kann nur einige Mutmaßungen andeuten. Was das Baltentum in Deutschland betraf, war das Ziel einer weitgehenden Beeinflussung erreicht. Aber im Hinblick auf die Lage der Heimat musste dieses Hinaustreten an die Öffentlichkeit große Schwierigkeiten bereiten. Wohl weiß ich, dass auch gerade im Reich die Geheimklüngel, die sogar vielfach kriminellen Charakter angenommen hatten, wie die Pilze aus der Erde gewachsen waren und auch manchem Bruder zur Gefahr wurden, mit diesen oder jenen Geheimorganisationen, die nicht einwandfrei und unserem Streben durchaus nicht entsprachen, Fühlung zu nehmen. Dass diese Gefahr vorgelegen hat, wusste ich gerade durch meine Mitarbeit als Statutenwart. Desgleichen, dass manchem Bruder die Geheimhaltung als Inhaltsgebung des X zur Gefahr geworden war. Aber die Hochflut der Geheimorganisationen im Reich war ja schon vorüber. Gleichzeitig glaube ich bestimmt nicht, dass die Gefahr eines staatlichen Eingriffs die VF veranlasst haben könnte, der Geheimorganisation des X ein Ende zu bereiten, trotzdem ich weiß, dass diese Gefahr ständig vorlag und wohl erfolglose Haussuchungen bei X-Brüdern erfolgt waren. Ob der Zeitpunkt der Auflösung des X der richtige war, wage ich nicht zu beurteilen. Ich und wohl manche Brüder nahmen sie mit gemischten Gefühlen auf (s. auch Anm. 11).

Warum ist der X aber von so grundsätzlicher Bedeutung für das Erfahren von „Brüderschaft" geworden?

Gerade als damals, wie ich erwähnte, mein Besuch beim Burghauptmann von Berlin erfolgte, saßen wir noch im Zwiegespräch
lange zusammen. Da der sozialdemokratische Ministerpräsident
Severing sogar nicht ganz zu Unrecht alle Geheimorganisationen
aufzuspüren suchte und in Königsberg, aber auch anderswo, bei
einigen Brüdern Haussuchungen stattgefunden hatten, wies ich
ihn auf seinen sogenannten X-Schreibtisch hin und meinte, dass
eine Haussuchung bei ihm zu schlimmen Konsequenzen führen
würde, meinte er, dass dies bestimmt so sein würde. Natürlich
wurde der schriftliche Verkehr unter uns X-Brüdern wohl nicht
eingeschränkt, aber grundsätzlich die meiste Korrespondenz nach
Empfang vernichtet (s. auch Anm.12). Das letztere war aber nur
im beschränkten Rahmen möglich, so wäre natürlich damals auch
eine Haussuchung bei mir eine Katastrophe gewesen. Der Burghauptmann von Berlin sagte: „Gewiss kann jeden Augenblick der
X auffliegen, aber das Wichtigste, was er uns gegeben hat, kann
uns nicht genommen werden. Der X hat uns ganz umgestaltet,
dass wir wirkliche Brüder geworden sind."

Da war das Wort gefallen, das die unvergängliche Bedeutung
des X aussprach. Nie hat der X ein brüderliches Sein sich zum
Ziele gesetzt, sondern diese wirkliche Brüderlichkeit ist in der gemeinsamen Hingabe, ja vollen Hingabe, wie wir uns bisher nie
hingegeben hatten, einer Sache, die uns heilig geworden war, ent-
standen. Dies ist die tiefe Bedeutung eines kämpferischen Ordens,
dass er seine Brüder durch ihren vollsten Einsatz, ja rücksichtslo-
sen Einsatz so zusammenschweißt, dass sie wirklich zu wahrhaf-
ten Brüdern werden, wie es natürliche Brüder wohl kaum je gewesen sind. Dieser Burghauptmann war Mitglied einer Dorpater
Korporation.

Dieses auch für ihn bedeutende Erlebnis hat seine Persönlichkeit nicht voll ergriffen. Er hat für die Heimat in der Landeswehr
gekämpft und sich dabei besonders ausgezeichnet, aber auch dieses Erlebnis voller kameradschaftlicher Verbundenheit hat nicht
das bewirken können was an ihm der X getan hat, einen Menschen, der ganz der heiligen Sache angehört. Der zu jeder Hingabe
voll als selbstverständlich bereit ist.

Und seine Frau, die dies erkannte, folgte ihm ganz, ohne an
dem Geheimnis selbst teilhaben zu können. Ein brüderliches Verhalten allen Brüdern gegenüber ist selbstverständliche Voraus-

setzung, aber es gibt doch einen Unterschied in dem Verhältnis zu den Brüdern, nämlich ob der Bruder wirklich opferbereit oder lässig das gemeinsame Ziel verfolgt. Das ist der Unterschied zwischen einem großen Bruder oder einem – sagen wir – „auch Bruder", nämlich die Kraft der Hingabe und des Opfers.

So bin ich wirklich durch den X-Bruder geworden, und dieser Maßstab ist es, den ich an das brüderliche Sein setze.

BERICHTIGUNGEN UND ERKLÄRUNGEN ZU „MEIN ERLEBNIS DER BRÜDERLICHKEIT"

Anmerkung 1

Ich hatte den Namen dieses Freundes nicht genannt, da ich überhaupt bewusst mit Namensnennungen aus der X-Zeit sehr zurückhaltend bin. Da Bruder Harald Rautenfeld in dem Manuskript, das er Klaus Grimm zur Abfassung der Geschichte der Baltischen Brüderschaft sich selbst als Mitbegründer des X nennt, kann ich auch an dieser Stelle mitteilen, dass es sich bei diesem genannten Freunde um Harald Rautenfeld gehandelt hat. Ich hatte ihn zuletzt in Moskau beim Rücktransport aus der Verschleppung nach Sibirien gesehen, wo er damals als Berater beim schwedischen Generalkonsulat in Moskau uns aufgesucht hatte. Später hatte ich nichts von ihm gehört, bis ich diesen Briefwechsel mit ihm gehabt hatte.

Anmerkung 2

Der Chefredakteur der Greifswalder Zeitung war Fred Ottow, einer der schärfsten Gegner der Bestrebungen der X-Brüder. Er war Landsmann der Studentenkorporation „Livonia" in Dorpat. Seine Frau war eine geborene Baronesse Fölkersahm aus Südlivland. Auch seine Schwiegereltern Fölkersahm gehörten in Greifswald zu unserer Gegnerschaft.

Anmerkung 3

Es handelte sich um Friedel Freiherrn von der Ropp, der später als Prediger einen weiten Kreis von Gläubigen um sich sammelte. Er war ein entfernter Verwandter von unserem Bruder des Brüderlichen Kreises gleichen Namens. Der zweite, der damals entbunden wurde und Verfasser des Statuts war, war Rodrigo Baron Bistram. Das Statut galt aber auch, nachdem er den X verlassen hatte, uneingeschränkt als unser X-Statut.

Anmerkung 4

Diese Ablösung des Statutenwarts Tom Girgensohn durch Siegfried von Sivers erfolgte wohl Anfang 1922.

Anmerkung 5

Meine Ernennung zum Statutenwart erfolgte 1923. Die von mir erwähnte Reihenfolge der Statutenwarte: Tom Girgensohn, Siegfried von Sivers, ich und als letzter Wilhelm Baron v. der Recke-Schloss Neuenburg widerspricht nicht der Aufzählung der X-Brüderschaftswarte in der Geschichte der Brüderschaft vom baltischen Bruder Claus Grimm. Bei ihm handelt es sich um die Warte der „Vorläufigen Führung", die die Leitung der VF hatten, während ich von den Statutenwarten sprach, die die Verbindung zur VF aufrecht erhielten und deren Namen allen X-Brüdern bekannt waren.

Anmerkung 6

Hierbei verweise ich nochmals auf die vorherige Berichtigung.

Anmerkung 7

Meine Ablösung als Statutenwart erfolgte 1926.

Anmerkung 8

Da ich das Manuskript von Harald Rautenfeld, das Claus Grimm bei seiner Abfassung der Geschichte der Baltischen Brüderschaft vorlag, nicht kenne, weiß ich nicht, wieweit die Geheimhaltung z.B. des Bestandes der VF des X von Harald Rautenfeld noch weiter als verpflichtend gegolten hat. In einem Gespräch, das ich etwa ein Jahr vor dem Tode von Bruder Fritz Worms hatte, vertrat er die Ansicht, dass dieses Geheimnis stets gewahrt werden sollte. Meine Kenntnis der Zusammensetzung der „Vorläufigen Führung" mag auch nicht vollständig gewesen sein. Die Weisungen der VF erhielt ich ja stets durch Harald Rautenfeld, aber bei Besprechungen in Berlin bzw. München hatte ich stets mit denselben Brüdern zu tun, die ich, trotzdem sie mir nicht offiziell als Glieder der VF bekanntgegeben waren, zur VF gerechnet hatte. Und so war es mir wohl bekannt, dass sich das Gewicht der VF von Berlin nach München – in der Zeit, als ich Statutenwart war – verlagerte. Ich war immer erstaunt, dass später die Brüder der Baltischen Brüderschaft, die keine X-Brüder gewesen waren, so wenig über den X orientiert waren. Deswegen habe ich mich immer gescheut, Namen von X-Brüdern zu nennen, weswegen ich es auch in dieser Niederschrift möglichst unterlassen habe.

Anmerkung 9

Hier vorweise ich auf die vorherige Berichtigung. Dass nach Claus Grimms Geschichte der Baltischen Brüderschaft scheinbar Harald Rautenfeld in den ihm zur Verfügung gestellten Unterlagen manches über den X und die VF mitgeteilt haben muss, ist klar. Aber ich halte mich trotzdem an die Stellungnahme des Warts Bruder Fritz Worms, der es nicht für richtig hielt, etwas Näheres über den Bestand der vorläufigen Führung bekanntzugeben.

Anmerkung 10

Hierbei will ich einiges über die autoritative Brüderlichkeit sagen. Diese trat deutlich in der Baltischen Brüderschaft in der Person von Bruder Otto von Kursell zutage. Ungewollt und auch von seiner Seite unbetont war das Verhältnis zu ihm als dem Führenden Bruder ausgesprochen autoritativ. Dies lag in der überragenden Persönlichkeit von Otto von Kursell. Selbst als ich mit ihm im Jahre 1966 einen Monat verbrachte, war meine Stellung zu ihm ungeschmälert als die zu meinem Führenden Bruder, trotzdem wir uns brüderlich ganz nahe getreten sind.

Anmerkung 11

Wenn Claus Grimm angibt, dass der X in Berlin und München polizeilich gemeldet war, so wird es seine Richtigkeit haben und den Angaben des Manuskripts von Harald Rautenfeld entsprechen. Es ist mir aber nicht bekannt, unter welcher Tarnung und Angabe welcher Satzungen dieser ausgesprochene Geheimorden von der Polizei registriert werden konnte.

Anmerkung 12

Dass die Auflösung des X als Geheimverband schon Jahre vorher erwogen, aber erst 1928 erfolgte, war mir und wohl allen X-Brüdern außer der VF nicht bekannt. Dass die VF durch die politische Notwendigkeit der Geheimhaltung des X sich bedrückt fühlte und aus auch von ihr angeführten Gründen ein Heraustreten an die Öffentlichkeit wünschen musste, ist mir ganz klar. Dass aber durch dieses Heraustreten an die Öffentlichkeit die politische Arbeit der Heimatbrüder sehr gefährdet wurde, ist wohl der Grund, dass erst 1929 die Baltische Brüderschaft in ihrem ersten Konvent an die Öffentlichkeit trat mit derselben Zielsetzung, die im X gegeben waren.

Wenn ich von der Baltischen Brüderschaft berichten will, dann tue ich es bewusst nicht aufgrund vorliegender historischer Unterlagen, sondern nur nach meinen eigenen Erinnerungen und weise auf den aufgrund genauer historischer Forschung dargestellten Bericht vom Bruder der Baltischen Brüderschaft Klaus Grimm hin.

Diese Darstellung von Bruder Grimm bringt meines Erachtens wohl die Tatsachen nicht aber den Geist, nämlich die Brüderlichkeit, das Erlebnis der Brüder der Baltischen Brüderschaft zum Ausdruck.

Mit der Entbindung der X-Brüder jeder Verpflichtung dem X gegenüber, verfügte auch die V.F. die Vernichtung aller X-Unterlagen, sodass ich annehme, dass auch das blaue Buch mit dem Verzeichnis aller X-Brüder und alle sonstigen Unterlagen – wie das Statut des X – vernichtet worden ist.

Soweit ich mich erinnern kann, war gleichzeitig an jeden X-Bruder die Frage gestellt, ob er sich aufgrund der neuen Verfassung der Brüderschaft anschließen wolle, wobei dieser Anschluss jedem X-Bruder offenstand. Wohin wir damals unsere Meldungen zur Brüderschaft gerichtet haben, weiß ich nicht mehr.

I. DIE GRÜNDUNG DER BALTISCHEN BRÜDERSCHAFT
(s. Anm. 1–3)

Die Gründung der Baltischen Brüderschaft vollzog sich noch unter dem Geheimnis des X. Ob an dieser Gründung und der Ausarbeitung der neuen Verfassung nur die V.F. oder auch andere X-Brüder herangezogen wurden, ist mir nicht bekannt. Nur der Führende Bruder Otto von Kursell war von der V.F. bestimmt. Der Konvent wählte vierzehn Vertrauensmänner, von denen sieben in das Kapitel durch den Führenden Bruder berufen wurden.

Die Verfassung der Baltischen Brüderschaft trug ein ganz anderes Gepräge als das Statut des X. Das konnte ja gar nicht anders sein, da jetzt die Verfassung eine Form annehmen musste, die es ermöglichte, dass die Baltische Brüderschaft im Vereinsregister mit dem Sitz in Berlin eingetragen werden konnte. Das Weltanschauliche wurde wenig betont, so war unzweideutig, dass die Baltische Brüderschaft auf dem christlichen Glauben beruhte. Freilich war dieser christliche Glaube als das uns mit der Heimat Verbindende hingestellt – etwa als Glaube der Väter, dass weniger als persönliches Glaubensbekenntnis formuliert war. Ganz scharf betont war das Führungsprinzip durch den Führenden Bruder und gleichzeitig die Bedeutung des Warts, der vom Kapitel gewählt wurde. Der Wart nahm weitgehend die Stellung des Statutenwarts ein, während der Führende Bruder an die Stellung des V.F. trat. Während der Führende Bruder die „Richtung weisend" seine Weisungen gab, so hatte der Wart die innere Geschlossenheit, d.h. eben die Brüderlichkeit zu überwachen – gleichsam das Gewissen der Brüderschaft zu sein. Das Innenamt und seine Bedeutung hingen weitgehend von der Persönlichkeit des Leiters des Innenamts ab. Er konnte nur eine Vermittlungsstelle von Rundschreiben sein, es konnte aber auch weitgehend zur Bereicherung des ganzen Innenlebens der Brüderschaft ausgebaut werden. Der Ordenscharakter konnte allein durch die Verfassung nicht mehr so deutlich zum Ausdruck gebracht werden, wie das Statut des X es getan hat, aber den brachten wir aus dem X-Geist als selbstverständlich mit.

Außer an die X-Brüder muss auch schon an manche andere Balten herangetreten worden sein, denn zum ersten Konvent erschienen schon einige baltische Brüder, die nicht X-Brüder gewesen waren. Alle Brüder hatten eine lebenslängliche Verpflichtung auf sich zu nehmen. Wohl gab es das Amt des Richters, aber ich erinnere mich nicht, dass der Richter, der vom Konvent immer wieder gewählt wurde, nämlich Bruder Siegfried Sivers, je eine Gelegenheit gehabt hätte, sein Amt auszuüben.

2. DER ERSTE KONVENT (s. Anm. 4)

Zur Eröffnung des ersten Konvents der Baltischen Brüderschaft versammelten wir uns in Berlin in einer Kirche. Ich war ergriffen, weil ich an die feierlichen Eröffnungsgottesdienste der estländischen Landtage in meiner alten Heimat erinnert wurde. Die Brüder, die sich in der Kirche versammelt hatten, kannte ich zum größten Teil, aber es waren auch einige neue Gesichter dabei, die ich als X-Brüder nicht gekannt hatte. Voller Freude begrüßte ich den estländischen Ritterschaftshauptmann Baron Eduard von Dellingshausen jetzt als Bruder der Baltischen Brüderschaft. Schon in der Kirche war ich erstaunt über die große Zahl der versammelten Brüder.

Es tat sich nach einem Orgelvorspiel bei vollster Stille in der Kirche die Sakristeitür auf, die ganze Brüdergemeinde erhob sich und herein trat der neue Führende Bruder Otto von Kursell begleitet von Bruder Pastor Bielenstein. In meiner Vorstellung sah ich gleichsam in der Hand des Führenden Bruders den historischen alten Silberstab mit goldenem Knauf, das Herrschaftssymbol eines Ritterschaftshauptmanns. Während der Pastor vor den Altar trat, setzte sich der Führende Bruder auf den für ihn reservierten Platz in der ersten Bankreihe.

Bruder Bielenstein hielt den Gottesdienst ganz nach der heimatlichen Liturgie der evangelisch-lutherischen Kirche. Er sprach – und sang nicht – die Worte am Altar, während die Responsorien von der Gemeinde gesungen wurden. Die Predigt hielt er über den vom Führenden Bruder erwählten Text: „Gott hat uns nicht gegeben den Geist der Furcht, sondern der Kraft und der Liebe und der Zucht" (2. Timotheus 1.7) – ein Wort, das zum geistigen Losungswort der Baltischen Brüderschaft geworden ist. Das, was in der Verfassung der Brüderschaft aus oben genannten Gründen nicht so klar zum Ausdruck gebracht worden ist, nämlich der Ordensgedanke, den betonte Bielenstein ganz deutlich in seiner Predigt, wobei er zum Schluss das Losungswort des Deutschritterordens sagte: „non mihi, non mihi, sed nomine tui gloria" (Nicht mir, nicht mir, sondern deinem Namen gebührt die Herrlichkeit.)

Die besondere Aufgabe, die uns aus Gottes Hand gegeben ist – gerade auch in Verantwortung für die Heimat – das war die von Gott gestellte Aufgabe, die weiter besteht, von der wir uns nicht lösen können. Bruder Bielenstein ist unser ständiger Konventsprediger geworden.

In dem großen Saal, in dem unser Konvent stattfand, war ich wieder von der großen Zahl der versammelten baltischen Brüder ergriffen. Es war ja im X als Geheimorganisation nicht möglich, einen Konvent der X-Brüder einzuberufen. Gewiss wusste ich, dass es immerhin noch bedeutend weniger waren als vorher im X verpflichtete Brüder, wenn sie in einem Konvent zusammenkommen würden. Aber gerade die Tatsache eines offenen Bekenntnisses zum X-Geist, ohne ihn in Geheimverhandlungen tarnen zu müssen, erlebte ich mit unwahrscheinlicher, erhebender Gewalt.

Der Führende Bruder eröffnete den Konvent mit einer Rede über die Heimat. Er war selbst ein hochbegabter Maler. So begann er mit dem Schauen einiger Bilder der Heimat, die er gleichsam in Worten mit wenigen Pinselstrichen meisterhaft zeichnete. Aber, sagte er dann, ist es nur das liebe Land, die geschaute Heimat, der wir uns verbunden fühlten – es ist das Land, das durch Jahrhunderte von unseren Vorfahren gestaltet worden sei, und das uns gestaltet habe – dem gegenüber wir uns verpflichtet fühlten, es nicht von dem Rachen der alles zerstörenden Sowjetherrschaft verschlingen zu lassen.

Hier muss ich – noch einmal – darauf hinweisen, dass es ein persönlicher Erlebnisbericht ist und kein geschichtlich genauer Bericht. Ich weiß, dass die Protokolle aller Sitzungen der Konvente der Brüderschaft vorhanden sind, jedenfalls hat es mir Bruder Harald von Rautenfeld angedeutet. Sie stehen mir aber nicht zur Verfügung.

Die Rede des Führenden Bruders hat nicht nur mich, sondern wohl alle Anwesenden tief ergriffen, dass wir uns alle gleichsam im Ringen um die Heimat brüderlich zusammengeschweißt fühlten und – trotzdem er es in seiner Rede nicht erwähnte – das biblische Losungswort: ... von Gott gegeben den Geist der Kraft und der Liebe und der Zucht ... hindurch strahlte. Ich erinnere mich nicht mehr daran, ob gleich nach der Rede eine Aussprache stattfand oder ob vorher die Wahl der Vertrauensmänner vollzogen wurde. Betreffend der Aussprache weiß ich nur, dass sie gehalten wurde und mit Zucht erfolgte. Zwei Redner der Aussprache habe ich im Gedächtnis. Bruder von Dellingshausen, der sagt, dass ihn diese Stunde so ergriffen hätte, weil er auch seine ganze Sorge um die Zukunft der Heimat vertrauensvoll in die Hände des Führenden Bruders legen könnte. Die andere Rede, der ich mich entsinnen kann, war die von Bruder Ali Engelhardt (s. Anm. 5). Er hatte ganz isoliert gelebt und kaum je an einer Prüfung des X teilnehmen können. Er schilderte seine Not. Seine ganze Umgebung sei streng katholisch, undeutsch und ultramontan. Er hätte nur in Kreisen der wenigen Nationalsozialisten Verständnis für unsere Sorgen wegen der Heimatpolitik gefunden. Wäre es nicht das Vernünftigste, wenn wir uns – statt eine eigene Baltische Brüderschaft zu gründen – alle der NSDAP anschlössen und durch sie versuchten, auch für die Heimat wirken zu können? Der Führende Bruder lehnte diesen Vorschlag natürlich ab, da er genau wusste, dass durchaus nicht alle Brüder mit dem Geist und der Politik der NSDAP einverstanden sein könnten und wir eine Aufgabe vor uns hätten, die nur wir tragen könnten. Daraus erkannte ich, wie leicht auch ein alleinstehender X-Bruder dem damaligen Sog der NSDAP verfallen konnte.

Die erste Wahl der Vertrauensmänner erfolgte, bei der auch ich zu den Vertrauensmännern berufen wurde. Freilich hat mich der Führende Bruder nicht ins Kapitel berufen. Er teilte mir aber mit, dass er wünsche, dass ich an allen Kapiteltagungen teilnehmen solle. So habe ich an allen Kapitelsitzungen außer einer einzigen teilgenommen. Was mich besonders beeindruckte, war, dass der Geist tiefster brüderlicher Verbundenheit den ganzen Konvent beherrschte. Eine Stimme, wie sie von Ali Engelhardt ausging, der eine Gleichschaltung der Baltischen Brüderschaft mit der NSDAP vorschlug, fand keinerlei Widerhall. Andererseits sah ich die Not und die Gefahr, der auch X-Brüder ausgesetzt waren, die durch ihre isolierte Lage den Geist der X-Brüderschaft nicht miterleben konnten.

3. DER ÜBERGANG VON DER X IN DIE BALTISCHE BRÜDERSCHAFT (s. Anm. 7)

Es war mir schmerzlich festzustellen, dass gerade die treuesten Brüder der Burg Greifswald sich nicht öffentlich zur Brüderschaft bekannten oder – besser – bekennen konnten. Es waren die X-Brüder aus Estland, die nach ihrem Studium nach Estland zurückkehrten. Ich sprach darüber mit Harald von Rautenfeld, der öfters Estland besucht hatte. Er sagte mir, dass die X-Brüder in Estland die vollständige Führung der Deutschbalten in Estland hätten, sie könnten sich nicht öffentlich der Baltischen Brüderschaft anschließen, weil sie sonst den Einfluss, den sie auch in der estnischen Regierung hatten, eingebüßt hätten und als deutschlandhörig verdächtigt worden wären. Anders stünde es in Lettland, wo die Brüder keineswegs die deutsch-baltische Führung hatten gewinnen können und vielfach im Gegensatz zu weiten Teilen der deutschen Gesellschaft stünden. Diesen Gegensatz hatte ich auch schon in X-Zeiten, d.h. 1925, als ich zum Jubiläum der Fraternitas Baltika in Riga war, deutlich gespürt. In unseren Unterhaltungen kam es vielfach zum Ausdruck, dass in Riga den Emigranten jedes Recht, in Fragen der Heimat mitzusprechen, abgesprochen wurde. Eine Rede, die ich auf dem Kommers auf die wenigen unter schwersten Bedingungen auf ihren Restparzellen aushaltenden Landsleute gehalten hatte, wurde beanstandet, da diese sich zur Würdelosigkeit erniedrigt hätten. Einer von ihnen, Herbert von Samson, hat mir aber mit Tränen in den Augen herzlich für diese Rede gedankt.

Wie ich auf einem Konvent der Baltischen Brüderschaft mit dem Heimatbruder Arnold von Maydell zusammensaß, erzählte er mir, welcher Verachtung er von den Deutschen in Riga ausgesetzt war, weil er als lettländischer Regierungsarchitekt mit der „Latwija"-Regierung zusammenarbeite. Er sagte, dass er einen starken Einfluss auf den zuständigen Minister ausüben könnte. Damals hatte die Regierung von „Latwija" den ganz extremen, dem Bolschewismus beinahe hörigen Linkskurs der Ulmanis-Regierung verlassen. Wie ich einmal viel später auf einem Konvent schon des Brüderlichen Kreises in einem Gespräch mit Bruder Schönfeld die Frage aufwarf, ob es nicht auch in Lettland richtig gewesen wäre, den Standpunkt der estländischen X-Brüder einzunehmen und sich nicht der Baltischen Brüderschaft anzuschließen, sagte er „nein" – wir brauchten das brüderliche Band, das uns die Kraft gab, auch unter der schwersten Belastung in Riga auszuhalten. Und das stimmte, da die X-Brüder in Estland wohl politisch die Richtlinie des X richtig durchführten und ein nicht nur erträgliches Verhältnis zu der estnischen Regierung herstellten, sondern sogar eine Achtung des Deutschtums herbeiführen konnten, die sich auch durch die weitgehende Kulturautonomie verwirklichte, die zur Fortführung deutscher Schulen, auch der Domschule und öffentlich anerkannter deutscher Institutionen führte. Andererseits wurde das Band der Brüderlichkeit durch den Fortfall der Prüfungen stark gelockert. Eine brüderliche Verbindung zur Baltischen Brüderschaft war kaum mehr vorhanden.

Der Fortfall einer zahlreichen Schar von lässigen „Auch-Brüdern" im Reich, die sich der Baltischen Brüderschaft nicht anschlossen, hat der Brüderlichkeit insgesamt keinen und der Baltischen Brüderschaft im besonderen keineswegs einen Abbruch getan, sondern dieselbe nur befestigt.

4. DIE ARBEIT IN DEN KAPITELTAGUNGEN (s. Anm. 8)

In dem ersten Konvent der Baltischen Brüderschaft fanden auch die Wahl der Vertrauensmänner und die Berufungen der Kapitelbrüder aus ihrer Mitte durch den Führenden Bruder statt. Wie ich bereits erwähnt habe, nahm auch ich als Vertrauensmann, der nicht in das Kapitel berufen war, auf Wunsch des Führenden Bruders an der Kapitelsitzung teil. Hier kam es zur Berufung in die Ämter. Bruder Rautenfeld war der erste Wart der Baltischen Brüderschaft und Bruder Gert Dolgow erhielt das Innenamt. Es gab auch ein Amt des Richters, das aber meines Erachtens während der ganzen Zeit des Bestehens der Baltischen Brüderschaft nicht in Erscheinung getreten ist. Ich weiß auch von keinem Fall eines Ausschlusses aus der Baltischen Brüderschaft.

Die Ämter blieben auch unverändert bis auf das Amt des Warts, das in späterer Zeit auf Fritz Worms überging. Eine gewisse Anpassung an den Wortschatz der NSDAP konnte man darin sehen, dass anstelle des etwas romantischen Begriffes „Burg" der Ausdruck „Gau" in Gebrauch kam. Natürlich trat ein Wechsel bei den Gaubeauftragten ein. Hierbei erinnere ich mich der großen Bedeutung, die die Gaubeauftragten von Berlin, Erik von Kaul und Bruder von Oelsen gewonnen hatten. Verschiedener Auffassung waren wir über die Errichtung eines Referates Kirche, mit dem ich beauftragt wurde. Ich selbst hielt die Schaffung eines solchen Referats Kirche nicht für richtig. Erstens sah ich in der Schaffung dieses Namens eine Stellungnahme zu bestehenden verfassten Kirchen gegeben, was ich für unzweckmäßig hielt; ein Referat mit etwa dem Namen „Glaubensreferat" hielt ich aber für unmöglich, da es Sache der zentralen Leitung, also vor allem des Warts war, über die Vertiefung unserer Arbeit auf der Grundlage des christlichen Glaubens Sorge zu tragen. Da aber der Führende Bruder wie auch der Wart der Ansicht waren, dass durch die Schaffung eines solchen Referates das Verständnis unserer Baltischen Brüderschaft als ausgesprochen auf dem christlichen Glauben beruhenden Orden

angebracht und zu vertiefen sei, musste ich dieses Referat übernehmen. Nachdem ich zwei Rundschreiben des Referats „Kirche"
allen Brüdern zugeschickt hatte, erhielt ich von einem Bruder, den
ich gut kannte, dessen Schwäche ich aber ebenso kannte, die darin
bestand, dass er alles Deutsche verherrlichte, einen Brief. Es war
ein Brief, in dem er mir vorwarf, unsere Brüderschaft christlich-
jüdisch zu verseuchen. Ich habe ihm natürlich überhaupt nicht
geantwortet, sondern schickte den Brief dem Wart, damals Harald von Rautenfeld, zu (s. Anm. 9). Der schickte mir umgehend
einen Durchschlag seines Briefes an jenen Bruder zu, der ihm ganz
eindeutig klar machte, dass sowohl er als auch der Führende Bruder meine Rundbriefe gelesen hätten und ihnen voll zugestimmt
hätten. Er müsste doch wissen, dass die Baltische Brüderschaft
eindeutig auf dem christlichen Glauben fußt. Wenn er ihr weiter
angehören will, darf er zum mindesten nie etwas gegen den christlichen Glauben äußern. Außerdem habe er sich für sein unbrüder-
liches Verhalten mir gegenüber zu entschuldigen. Darauf traf ein
so herzlicher brüderlicher Brief von diesem Bruder ein, in dem er
sich voll entschuldigte, die Brüderlichkeit anerkannte und noch
hinzufügte, dass er so an der Baltischen Brüderschaft hänge, dass
es ihm unmöglich sei, sich von ihr zu trennen. Auch später ist mir
kein Wort einer Ablehnung des christlichen Glaubens seitens eines
Bruders bekannt geworden. Immerhin sah ich mich darin bestä-
tigt, dass ich die Gefahr der antigöttlichen Satanie für unsere Brüderschaft erkannt hatte.

Mit der Machtergreifung der NSDAP erhöhte sich die Gefahr,
da die Zahl der Brüder, die der Partei angehörten, rapide zunahm.
Freilich blieb sie bis zum Schluss latent und trat nicht in Erscheinung, und ich kann auch heute noch nicht feststellen, inwieweit es
sich um überzeugte NS gehandelt hat, meist waren es Muss-NS.

Die Arbeit im Kapitel war äußerst konzentriert und vom Führenden Bruder autoritativ geleitet. Alle Fragen, die im Kapitel behandelt wurden, waren stets mit dem Wart vorher durchgesprochen. Es war meistenteils dem Führenden Bruder vorher bekannt,
welche Fragen auch von anderen Kapitelbrüdern zur Behandlung
gestellt werden würden. Natürlich konnten auch spontan entstandene Fragestellungen durchgesprochen werden, aber der Führende Bruder, der ja allein die Kapiteltagung leitete – das Amt eines
Leiters des Kapitels gab es noch nicht – sah strengstens auf eine

Zucht bei der Aussprache, die zu keiner „Diskussion" führen durfte. Er griff selbst in die Aussprache nur mit einzelnen Fragen ein. Jeder der Kapitelbrüder sollte seine Stellungnahme zur besprochenen Frage kurz aber mit Begründung der Stellungnahme bekanntgeben. Als letztes Wort in der Aussprache bat der Führende Bruder den Wart um seine Stellungnahme in Berücksichtigung auf den Gesamtzustand unserer Brüderschaft. Dann trat oft eine kurze Pause des Schweigens ein, worauf der Führende Bruder seine autoritativ verbindliche Weisung zu der betreffenden Frage aussprach. Politische Fragen, die behandelt wurden, betrafen nur die Ostpolitik, während die Innenpolitik des Deutschen Reiches nur so weit sie die Ostpolitik betrafen, gestreift wurden. Meistenteils wurde ein kurzes Referat von Bruder von Rautenfeld über Vorgänge in der Sowjetrepublik und die Heimatpolitik gehalten, wobei ich immer wieder erstaunt war über die unwahrscheinlich genaue Orientiertheit von Bruder von Rautenfeld über die Vorgänge in der Sowjetrepublik. Er musste damals über einen Nachrichtenapparat verfügt haben, der bis in den Kreml reichte. Der wirkliche Vollblutpolitiker im Kapitel war aber Bruder Manteuffel. Desgleichen wurde der Leiter des Innenamtes Bruder Dolgow um ein Referat über den inneren Zustand unserer Baltischen Brüderschaft gebeten.

Mehrfach waren auch Nicht-Kapitelbrüder dabei. So erinnere ich mich, wie einmal der Gaubeauftragte aus Riga, Bruder Schlau, an einer Kapiteltagung teilnahm. Es war schon in einer Zeit nach der „Machtergreifung" der NSDAP. Da hatte sich gleich in Riga eine stärkere NS-begeisterte Jugendbewegung gebildet, mit der Schlau versucht hatte Fühlung zu nehmen und es zu irgendeinem gewaltigen Zusammenstoß gekommen war. Der Führende Bruder warf ihm vor, dass er zu einer unserem Geiste durchaus nicht entsprechenden Richtung und Bewegung überhaupt hat Fühlung nehmen wollen. Bruder Heino Osoling-Fehre, ein früherer Greifswalder X-Bruder, der eigentlich Theologe war, aber in Riga sich ganz der Jugendführung gewidmet hatte und einen größeren Jugendkreis in unserem Geiste gesammelt hatte, war in seiner Arbeit durch diese NS-Jugend schwer behindert worden. Bruder Schlau gab zu, dass er sich im Suchen nach Bundesgenossen schwer vergriffen habe. Diese Stellungnahme, die vom ganzen Kapitel geteilt wurde, hatte deswegen etwas Überraschendes, weil ja der Führende Bruder selbst altes Parteimitglied Nr. 93 war und für gewöhnlich das goldene Parteiabzeichen trug, das er freilich zu unseren Konventen nicht anlegte. Ja einmal sagte er zu einer Kapiteltagung: „Ich weiß, dass alles, was wir hier tun, von den jetzigen Parteiführern als Reaktion angesehen würde, ich bin aber in erster Linie Baltischer Bruder; wenn ich jetzt aus der Partei austreten würde, so wäre es auch das Ende mit der Baltischen Brüderschaft. Nach dem Parteiprogramm, das ausgesprochen auf dem positiven Christentum fußt, bin ich im Recht und nicht die jetzigen Parteiführer. Darum kämpfe ich auch gegen jede Gleichschaltung der mir übertragenen Arbeit des Auslandsdeutschtums mit der heutigen Parteilinie. Sollte das Bekenntnis zum positiven Christentum aus dem Parteiprogramm gestrichen werden, dann würde ich unbesehen der Folgen aus der Partei austreten müssen".

Wie er mir viel später mitteilte, hatte es schon schwere Konflikte mit Alfred Rosenberg gegeben, der wohl als Rubone sein Corpsbruder aus Riga gewesen war, den er auch in schweren Zeiten gleich nach den ersten Weltkriege in München gleichsam durchgefüttert hatte, der aber ein Gesinnungslump gewesen sei. Er hatte ihn in Berlin wegen seines Verhaltens fordern müssen; Rosenberg habe sich aber hinter Hitler versteckt, der ein Duell strengstens verboten habe.

Wenn man die Arbeit des Kapitels in der Baltischen Brüderschaft bewerten soll, so handelte es sich nicht um ein kollektiv entscheidendes Gremium, sondern ausgesprochen um ein beratendes. Freilich ist der Führende Bruder durch die eingehenden Stellungnahmen der Kapitelbrüder in die Lage versetzt, ein vollständig umfassendes Bild aller Fragestellungen, die mit der zu behandelnden Sache zusammenhängen, zu gewinnen. In späterer Zeit wohnten zudem drei der Kapitelbrüder in Misdroy, die so vorher schon unter sich die dem Kapitel vorliegenden Themen besprochen hatten. Die verschiedenen Gesichtspunkte, unter denen die Frage beurteilt werden könnte, kamen in der Stellungnahme der Kapitelbrüder aus Misdroy zur Sprache. Irgendwelche Parteidoktrinen wurden auch nach der Machtergreifung durch den NS überhaupt nicht berücksichtigt. Auch unser Führender Bruder hatte sich von der Parteirichtung, die damals herrschte, weitgehend distanziert. Die Gefahr, die der Baltischen Bruderschaft von der Partei aus drohte, war allen Kapitelbrüdern einschließlich des Führenden Bruders ganz bekannt.

Wie mir Bruder von Maydell während eines Konvents erzählte, war die Bemühung, durch Mitarbeit einen gewissen Einfluss auf die lettländische Regierung auszuüben, durchaus nicht ganz unfruchtbar. Nur ist es einem sehr schwierig, von so subalternen Menschen, wie die Minister Lettlands es waren, stets umgeben zu sein. Man muss zuweilen auch ein deutliches Wort riskieren. Wenn man Arnold von Maydell kannte, so konnte man sich vorstellen, welche deutlichen Worte er gesprochen habe. Er konnte es sich leisten, denn diese Leute sahen es als große Errungenschaft an, einen Baron in ihren Diensten zu haben. Auch Bruder Theodor Lackschewitz hätte als Landwirtschaftsratsexperte im dortigen Landwirtschaftlichen Verein und Bauernverband eine geachtete Stellung gehabt – desgleichen ein Arzt, der an einem Regierungskrankenhaus eine geachtete Stellung hatte. „Aber", so sagte er, „du weißt nicht, was es für mich bedeutet, an einem Konvent teilzunehmen und brüderlich von lauter anständigen Menschen aufgenommen zu werden." Jede Einflussnahme auf das Geschehen in der Lettischen Republik wurde durch die Denunziation der Brüder und den nachfolgenden Prozess und ihre Verurteilung unmöglich gemacht. Diese Denunziation ging wohl von der kleinen ganz links stehenden deutschen Gruppe von Dr. Paul Schiemann aus. Ich bin über den Prozess und das Gerichtsurteil nicht wirklich informiert, aber die relativ leichte Verurteilung zu nur einer Anzahl von Monaten Gefängnis scheint mir doch darauf hinzuweisen, dass die Klage, gegen die Lettische Republik eine Verschwörung angezettelt zu haben, nicht aufrechterhalten worden ist. Dass sie gegen das lettische Vereinsgesetz verstoßen hatten, da sie als Angehörige der Baltischen Brüderschaft einer Vereinigung angehörten, die nicht vom lettischen Staat genehmigt worden ist und nicht genehmigt werden konnte, ist klar. Die Folge war, dass diese schlimme Zeit die Brüder so fest brüderlich zusammengeschmiedet hat, dass diese „Kammerherren", wie sie sich später nannten, unzertrennlich zusammenhielten. Jetzt ist meines Wissens nur noch Bruder Lackschewitz am Leben.

6. ANDERE VERSCHIEDENE MITTEILUNGEN ÜBER DIE BALTISCHE BRÜDERSCHAFT

Was betreffend Finanzierung vom X galt, galt auch weiter für die Baltische Brüderschaft. Wohl war die Baltische Brüderschaft nominell ein eingetragener Verein, aber tatsächlich gab es weder Mitgliedsbeiträge noch einen Geldverwalter. Das notwendige Geld wurde von Fall zu Fall von den einzelnen Brüdern aufgebracht. Ganz gewiss konnten die Heimatbrüder ihre Reisen nach Deutschland zum Konvent oder zu Kapiteltagungen nicht selbst aufbringen. Auch weiß ich nicht, wie der Führende Bruder, der damals bis zur Machtergreifung in München wohnte, seine vielen Reisen nach Berlin bestritten hat. Grundsätzlich hatte jeder Bruder selbst für die Ausgaben aufzukommen, die er im Dienst der Baltischen Brüderschaft leisten musste. Es bestand der Grundsatz, dass jeder Bruder nicht nur mit seinen Leistungen, sondern auch mit seinem Vermögen voll im Dienst der Baltischen Brüderschaft stand.

Erst jetzt stelle ich mir die Frage, wie es möglich war, die großen Ausgaben für den Konvent der Baltischen Brüderschaft zu finanzieren. In den Kapiteltagungen und im Konvent ist nie von Geldfragen die Rede gewesen. Freilich ist es möglich, dass es teilweise wenigstens durch die Baltische Vermögensverwaltung geschehen ist. Gleich nach Gründung hatten einige X-Brüder diese Vermögensverwaltung ins Leben gerufen, der sich die Mehrzahl der Balten mit ihrem kleinen Vermögen, das sie gerettet hatten, angeschlossen hatten. Diese Vermögensverwaltung legte die kleinen Vermögen hauptsächlich in Schwedenkronen oder guten Auslandsaktien an, so dass die kleinen Baltenvermögen gar nicht oder nur sehr gering unter der Inflation gelitten hatten. Es muss aber zusammengenommen ein sehr großes Kapital zusammengekommen sein. Für die Verwaltung wurden nur geringe Prozente des angelegten Vermögens erhoben. Aber bei dem großen zusammengelegten Kapital muss die Zinssumme doch sehr erheblich gewesen sein. Da die Leiter X-Brüder und später Baltische Brüder waren, nehme ich an, dass sie von diesem Zinseinkommen zur Finanzierung der Konvente beigetragen haben.

In Misdroy entstand um die Baltenschule ein Mittelpunkt des baltischen und brüderlichen Lebens. Die Entstehung und Finanzierung der Baltenschule ist wieder auf die geniale aber etwas skrupellose Art der Geldbeschaffung durch den Leiter des Baltischen Roten Kreuzes, Bruder Viktor von Rautenfeld (ein Vetter von Harald Rautenfeld) zurückzuführen. Er hat es verstanden, die amerikanische lutherische Iowa- und Wisconsin-Synode für das Projekt der Baltenschule zu interessieren. Diese Synoden sahen wohl im baltischen Luthertum ein Sprungbrett zur Errichtung ihrer Mission in Deutschland gegeben. Sie kauften das ganze Dünenschloss in Misdroy und finanzierten die Schule und das Internat. Sie hatten auch als Oberaufsicht ein Glied der Wisconsin-Synode nach Misdroy abdelegiert, der das Geschäftsgebaren, vor allem aber die geistliche Betreuung der Schüler und besonders den Religionsunterricht zu überwachen hatte. Die Religionsstunden gab damals wohl ein baltischer aber entsetzlich verknöcherter Pastor. (Seinen Namen habe ich vergessen.)

Die Stunden, die er gab, waren nicht nur langweilig, sondern spotteten in ihrer Engherzigkeit aller Beschreibung. Diese amerikanischen Synoden bestanden nämlich auf einer Bibelwortgläubigkeit, d.h. dass jedes Wort des Alten und Neuen Testaments vom heiligen Geist eingegeben war und darum wörtlich die absolute Wahrheit darstellte. Der alte Pastor, der Religionslehrer dort war, musste aus Altersgründen den Unterricht einstellen. Die Brüder aus Misdroy baten mich, mich zum Religionslehrer zu melden. Dazu musste ich die Prüfung auf den rechten Glauben auf Iowa- und Wisconsin-Art vor diesem Vertreter der Synoden bestehen. Diese Prüfung war einfach grotesk. In dem Gespräch kamen wir auf die Speisegebote des Alten Testaments, wobei er sagte, diese gelten natürlich nur für die Juden, da Jesus sie selbst für die Christen aufgehoben habe. Da wir bei den Speisegeboten waren, wollte ich meinen Gesprächspartner ad absurdum führen. Ich erinnerte ihn daran, dass es bei den Speisegeboten heißt, dass auch Hasen nicht gegessen werden durften, obwohl sie Wiederkäuer wären, aber nicht die Hufe spalteten. Darauf antwortete er, dass selbstverständlich der Hase ein Wiederkäuer wäre, weil es in der Bibel steht. Da musste ich einfach das Gespräch als sinnlos aufgeben. Das muss wohl 1925 gewesen sein, also noch zur X-Zeit.

Das ungemein brüderliche sowohl X- wie Brüderschafts-Leben in Misdroy konzentrierte sich vor allem im Hause von Bruder Gert Dolgow. Hierauf will ich später näher eingehen. Es sei hier nur gesagt, dass in Misdroy wahrscheinlich wie nirgends wo anders, die Brüderlichkeit in solcher Intensität gelebt worden ist. Es sind wohl später eine Anzahl Brüder in die Baltische Brüderschaft berufen worden – auch einige Reichsdeutsche, also Nichtbalten, aber nur solche, die irgendwie mit unserer baltischen Heimat in Berührung gekommen waren oder im Verkehr mit Brüdern von dem brüderlichen Geiste ergriffen worden sind. Die Berufung in die Brüderschaft erfolgte immer durch den zuständigen Gau, die aber erst ausgesprochen werden durfte, wenn die Genehmigung des Führenden Bruders vorlag. Dieser brüderliche Geist war unverändert der, der im X in Erscheinung getreten ist.

7. EINIGE BESONDERS HERVORRAGENDE BRÜDER – WIE ICH SIE ERLEBT HABE

A DER FÜHRENDE BRUDER OTTO VON KURSELL

Ihn habe ich schon als kleiner Junge flüchtig kennengelernt. Er war vier oder fünf Jahre älter als ich – kurz vor dem Schlussexamen der Petri-Realschule in Reval. Er war Tanzkavalier meiner vier Jahre älteren Schwester. Meine Schwester bestand darauf, dass er auch zu einer Tanzerei bei meiner Großmutter eingeladen wurde. Sie hatte ihn irgendwo kennengelernt und war von seiner Persönlichkeit tief beeindruckt. Er zog sich ganz aus dem gesellschaftlichen Leben zurück und ich habe ihn auch nie auf einer Schlittschuhbahn gesehen, während die große Zahl seiner Schwestern, die sogenannten Kursellinchens, stets auf unserer Schlittschuhbahn zu sehen waren. Er war kein Gutsbesitzersohn, sondern der Sohn eines Akzisebeamten, der wegen seiner großen Familie in größter Armut lebte. Einen Bruder hat er wohl nicht gehabt. aber eine große Zahl von Schwestern. Otto von Kursell hat damals, und es war wohl das einzige Mal, dass ich ihn in Reval gesehen habe, einen großen Eindruck auf mich gemacht. Er war so ganz anders als die anderen Tanzkavaliere. Es war eine zurückhaltende, bescheidene, saubere Klarheit, die seine Persönlichkeit ausstrahlte.

Wie ich nach Riga zum Studium kam, war er schon nicht mehr Architekturstudent in Riga, sondern schon in München. Aber ich lernte noch seinen besten Freund, den Rubonen Wenzelides kennen, der sein Schwager war oder wurde. Kursell hatte schon oder würde noch eine Wenzelides heiraten. Er hatte nicht seiner künstlerischen Berufung widerstehen können und war an die Kunstakademie in München gegangen. Jedenfalls hatte er schon vor Ausbruch des ersten Weltkrieges geheiratet. Als der erste Weltkrieg ausbrach fühlte er sich schweren Herzens verpflichtet, seine

Familie in München zurückzulassen und als russischer Reserveoffizier auf abenteuerlichem Wege über Archangelsk nach Russland zurückzukehren (s. Anm. 11). Den Krieg überstand er mit einem Kavallerieregiment im Kaukasus, wo er Beziehungen zu kaukasischen Fürsten knüpfte und, als das russische Zarenreich zusammenbrach, die kaukasischen Rebellen gegen den Bolschewismus auch von Deutschland her unterstützte. Er verschaffte ihnen die Geldmittel zur Weiterführung ihres Aufstandes, indem er sie mit einem englischen Ölmagnaten zusammenführte, der auf die Ölquellen in Baku spekulierte. Vorher hatten diese Kaukasier aber durch Geldfälschungen in Deutschland ihren Aufstand finanziert. Es kam zu dem bekannten Geldfälscherprozess. Mit der Geldfälschung hatte von Kursell natürlich nichts zu tun, aber die SU drang darauf festzustellen, wer die Persönlichkeit gewesen wäre, der die Beziehungen zum englischen Ölmagnaten hergestellt habe. Wir X-Brüder, die wir es wussten, fürchteten, dass unser Bruder von Kursell in den Prozess einbezogen würde. Ob das Gericht selbst nicht wusste, wer es gewesen sei, oder dem Druck der SU nicht folgen wollte, ist nicht festzustellen. Jedenfalls wurde Bruder von Kursell nicht in den Prozess verwickelt.

Ich habe Bruder von Kursell als X-Bruder nur zweimal bei meinen Besuchen in der Burg München gesehen und bin auch Gast in seinem Hause gewesen. Wieder war es ein großes brüderliches Erlebnis für mich, mit dieser einzigartigen Persönlichkeit zusammen zu sein. Es sprach eine künstlerische Geistesgröße von intensiver Intuition aus ihm, er nötigte einen, ihm eine autoritative Stellung einzuräumen, ohne es selbst in seiner Bescheidenheit zu wollen. Die Atmosphäre, die seine Persönlichkeit verbreitete, war so tief sauber und klar, dass man sich ihr nicht entziehen konnte. Wohl stand er im ständigen Verkehr mit der Schwabinger Künstlerwelt, aber er und sein Heim hatten nichts von der Bohème an sich. Er blieb stets „Herr" im besten Sinne des Wortes. Es ging ein ganz ungewollter bezwingender Charme von ihm aus.

Eines freilich, was ich als persönliche Tragik auffasse und in seiner Führerstellung in der Baltischen Brüderschaft überhaupt nicht zum Ausdruck kam, war seine Stellung zur Persönlichkeit Adolf Hitler. Hitler ist als junger Mensch in München viel im Hause von Kursells verkehrt. So gehörte er (von Kursell) mit der Nr. 93 zum Grundstock der Hitlerbewegung (s. Anm. 12). Er hatte teilgenommen am Marsch zur Feldherrenhalle und war ein Freund des damals erschossenen Scheubner-Richter, dessen Witwe ich auch im Hause von Kursells kennengelernt habe. Es ist erstaunlich, wie die Philister (Alte Herren) der Corporation Rubonia aus Riga vom Nationalsozialismus ergriffen und zum Teil maßgebende Rollen gespielt haben wie Alfred Rosenberg und seine rechte Hand Louis Schickedanz. Auch als Werber haben sie sich betätigt. So hat der Rubone Windisch, ein Zeitgenosse von mir aus Riga, mich einmal stundenlang bearbeitet, mich für die Partei zu gewinnen. Auch von Kursell und Scheubner-Richter waren Rubonenphilister. Freilich stand von Kursell der Partei kritisch gegenüber und ist auch aus der Partei ausgetreten, schließlich auf persönliche Bitten Hitlers doch wieder eingetreten. Von Kursell hat Heß nahegestanden. Er machte irgendwie einen Unterschied zwischen Hitler und Heß und allen übrigen Parteibonzen, die er durchweg ablehnte. Einmal sagte er in einem Gespräch mit mir, es sei ein Unglück für Hitler, dass er so wenig Menschenkenntnis hätte und sich mit so widerlichen Kreaturen wie Bormann, Rosenberg, Göbbels und Göring umgebe, die die eigentliche Politik machten. Wohl weiß ich, dass Hitler eine suggestive Gewalt auf viele Menschen ausübte, aber dass eine solche Persönlichkeit wie von Kursell von so hohem Niveau einer Suggestion Hitlers verfallen konnte, ist mir unbegreiflich. Das war aber eben, wie gesagt, seine eigene Tragik. Er stemmte sich gegen jede Gleichschaltung auf NS-Grundlage und zwar sowohl in seiner Führung der Baltischen Brüderschaft als auch in seiner Arbeit als Leiter des Auslandsdeutschtums und wie er zum Leiter der Kunstakademie nach Berlin berufen wurde, auch dagegen, die Kunst aufgrund der Parteidoktrin zu gestalten. Wenn er auch selbst besonders in seiner Porträtmalerei, in der er ein Meister war, dem Stile eher der alten klassischen Malerei anhing, so verwarf er den Kampf gegen die sogenannte entartete Kunst als Barbarei. Natürlich geriet er dadurch in scharfen Gegensatz zu allen Parteibonzen.

B HARALD VON RAUTENFELD
(s. auch Anm. 13)

Auch mit Harald von Rautenfeld hat mich eine lange Zusammengehörigkeit verbunden. Wie ich 1911 zum Studium der Landwirtschaft nach Riga kam und in die Fraternitas Baltica eintrat, war Harald von Rautenfeld nicht nur mein Fuchs, sondern wir bewohnten dieselbe klassische Fuchsbude, die Elisabethbude. Harald von Rautenfeld war erheblich jünger als ich, aber bei seiner glänzenden Begabung hatte er schon mit siebzehn Jahren in Libau sein Abitur gemacht. Gleich kam er zum Studium der Landwirtschaft nach Riga, während ich mit neunzehn Jahren mein Abitur an der Domschule abgeleistet und noch über ein Jahr praktisch in der Landwirtschaft gearbeitet hatte. Wenn ich an Harald von Rautenfeld von damals denke und mit dem Bruder von Rautenfeld von später vergleiche, so muss ich feststellen, dass ich niemals denken konnte, dass er sich so verändern könnte. Wir sind gut miteinander ausgekommen, aber haben uns nicht wirklich nahe gestanden. Das lag wohl daran, dass Harald wohl hochbegabt aber noch unreif war. Es mag sein, dass er dieser seiner Begabung wegen eine gewisse dominierende Rolle in der Schule gehabt hat. In seinem Ehrgeiz hoffte er, auch in der Fraternitas durch sein intellektuelles Brillieren eine Rolle spielen zu können, aber gerade das war es, was ihn hinderte, sich wirklich eine Position unter den Landsleuten wie unter den Konfüchsen zu schaffen. Ja – auch der Name von Rautenfeld belastete ihn, da wir drei Vettern dieses Namens hatten, die aber Versager waren. So hat es ihn schwer getroffen, dass sowohl mein anderer Elisabethbudenflausch als auch überraschend ich bereits bei der ersten Aufnahme ins Corps im zweiten Semester die Farben erhielten, er aber nicht und sehr lange nicht. Selbst hatte ich bereits 1913 gleich nach Beginn des Herbstsemesters wegen Erkrankung meines Vaters das Studium abbrechen müssen, um die Verwaltung der Güter zu übernehmen. Als ich im Frühjahr 1914 wieder nach Riga zur Beerdigung des sowohl

71

mir als auch Harald von Rautenfeld sehr nahestehenden Freundes kam, des damaligen Seniors Robert Voigt, der an einer plötzlichen Bauchfellentzündung gestorben war, hatte Harald Rautenfeld eben die Farben erhalten und war von der Fraternitas voll anerkannt worden. Ich habe mit ihm abends im Konventsquartier lange zusammengesessen und einen vollständig anderen Harald von Rautenfeld kennengelernt, als den, den ich 1913 verlassen hatte. Er war sehr gereift und in den Gesprächen, die ich mit ihm führte, sind wir uns ganz nahe getreten. Zum ersten Mal erkannte ich in ihm eine tief im christlichen Glauben gefestigte Persönlichkeit. Mit der Evakuierung des Polytechnikums nach Moskau infolge des Kriegsgeschehens ist er mit nach Moskau gezogen.

Ich traf ihn wieder in Moskau, als ich auf dem Rücktransport aus der Verschleppung nach Sibirien Moskau passierte. Damals war er Angestellter beim Schwedischen Roten Kreuz in Moskau, das ja die Fürsorge der deutschen Kriegsgefangenen als wichtigste Arbeit durchführte. Damals muss er einen unwahrscheinlich präzise arbeitenden Nachrichtendienst eingerichtet haben, der ihn über die geheimsten Auseinandersetzungen auch im Lager des Bolschewismus orientierte. Übrigens hat er den ersten Vertreter des Deutschen Reichs damals vor einem bevorstehenden Attentat gewarnt, wobei er darauf hinwies, dass es nicht von der Seite des Leninismus, sondern von einer Gruppe slawophiler Fanatiker erfolgen würde, die dadurch hofften, das Verhältnis des Deutschen Reiches zu Lenin zu trüben. Das tödliche Attentat erfolgte auch fünf Tage später. Wie Harald von Rautenfeld dann von Moskau nach Berlin gekommen ist, ist mir nicht bekannt. Jedenfalls trat ich brieflich und persönlich mit Harald von Rautenfeld schon ab 1921 in festen brüderlichen Verkehr und er wurde neben Bruder Dolgow der X-Bruder, mit dem ich das Band der Brüderlichkeit als unzerreißbar erlebt habe. Es ist aber auch der Bruder, mit dem ich am meisten Meinungsverschiedenheiten habe austragen müssen, ohne ein Blatt vor den Mund nehmen zu müssen, was m.E. uns beiden förderlich war und das feste Band der Brüderlichkeit nie gefährdet hat.

Seine Kenntnis und Beurteilung des Bolschewismus war ganz erstaunlich. Er sah in ihm eine direkt satanische Macht, die in Lenin verkörpert war. Auf die Bitte der X-Brüder hielt zu einem Baltenabend in Greifswald Harald von Rautenfeld einen sehr bemerkenswerten Vortrag über Lenin, den Bolschewismus und die Rettung der Heimat vor dieser Satanie. Er meinte, es sei falsch, in Lenin einen Vertreter unumstößlicher Doktrinen zu sehen. Wenn wir die Werke Lenins miteinander vergleichen, würden wir feststellen, dass sie unüberbrückbare Gegensätze enthielten, je nachdem ob es ihm um seiner Herrschaft willen opportun erscheine. Er könne die Menschen dazu aufstacheln zu morden und zu plündern, um sie gleich darauf zur Herstellung der Ordnung erschießen zu lassen. Das Chaos, das er in Russland bewusst herstelle, solle nicht eigentlich einer neuen Ordnung dienen, sondern alles seiner eigenen Gewalt gefügig machen. Nicht eine neue kommunistische Gesinnung Lenins sei die Gefahr, vor der der Westen stand, sondern die volle Gesinnungslosigkeit. Gewiss stelle auch Lenin ideologische Doktrinen auf, an die er selbst aber weder glaube noch sich ihnen blind unterworfen habe. Ja, er habe sie mehrfach selbst in seinen Schriften widerlegt, wenn sie ihm zu dem betreffenden Zeitpunkt hinderlich waren. Harald Rautenfeld führte in seinem Vortrag eine Reihe schlagender Beispiele dieser Stellungnahme Lenins an. Als wir später nur in X-Kreisen zusammensaßen, fragte ich ihn, ob eine ganz geheime Anweisung Lenins, die England in höchste Aufregung versetzt hatte, weil sie publik geworden war, wirklich, wie die SU behauptete, eine Fälschung sei oder von Lenin stamme. Es handelte sich um eine genaue Anweisung Lenins an seine Emissäre in England, wie sie vorzugehen hätten, um England in ein Chaos zu verwandeln. Da sagte er, die Sowjets seien im Recht, wenn sie diese Publikation als Fälschung darstellten, sie seien aber ebenso im Unrecht, wenn sie das Vorhandensein dieser Anweisungen leugneten. Der Wortlaut sei gefälscht, aber der Inhalt sei in allen Einzelheiten dem Original entsprechend. Der Autor hat das Original in der Hand gehabt und sich alle Einzelheiten eingeprägt, war aber nicht in der Lage es zu fotokopieren. Harald von Rautenfeld wusste auch, wer der Verfasser war; er lebte in Prag. Zum Glück hat die englische Regierung diese Schrift als authentisch angesehen und Gegenmaßnahmen ergreifen können. Diese genaue Kenntnis dieser Umstände verblüffte uns. Harald von Rautenfeld verfügte damals über einen erstaunlichen Nachrichtenapparat. So gab er jede Woche hektographiert die sogenannten Ostnachrichten für die westlichen Botschaften in Berlin heraus, die geheim und nur zu ihrem Gebrauch bestimmt waren und die vor den Botschaften sehr geschätzt wurden. Ich habe selbst bei von Rautenfeld in Berlin einige Exemplare gelesen und war einfach platt über diese genaue Kenntnis aller Vorgänge in der SU, die diese Nachrichten enthielten. Ihretwegen wurde er auch zu dem damaligen preußischen sozialdemokratischen Ministerpräsidenten Sewering zitiert, der ihn bat, diese Nachrichten nicht mehr erscheinen zu lassen, da sich die Sowjetregierung beschwert habe, dass in Berlin diese Nachrichtenzentrale bestünde. Ihm dies zu verbieten ginge nicht, es sei denn, dass er nachweisen könne, dass auch nur eine dieser Mitteilungen der Wahrheit nicht entspräche.

Als er dann Vorsitzender des Baltenverbandes in Deutschland wurde, lag sein Hauptanliegen darin den Landsleuten klarzumachen, dass die Existenz der baltischen Staaten einen Schutzwall gegen die Bolschewisierung der Heimat biete und es unsere Aufgabe sei, nach Möglichkeit durch Mitarbeit diese Staaten zu festigen (s. auch Anm. 14). Er ist viel sowohl in der Heimat als auch in Deutschland herumgereist, wobei er sich gleichzeitig immer auch in reichsdeutschen Kreisen umsah und um Verständnis für unsere baltische Aufgabe warb. Als ich zu einer Plenarsitzung des Baltenverbandes als Delegierter der Balten in Greifswald in Berlin war, sagte mir Harald von Rautenfeld zum Schluss, dass er noch in den Herrenklub gehen möchte und lud mich ein mitzukommen, da dort ein bedeutender Vortrag gehalten werden würde. Ich schloss mich ihm an und er führte mich als Gast in den Herrenklub ein. Der Herrenklub war damals die repräsentierende Gemeinschaft des Adels und des Militärs. Der Vortragende, auf dessen Namen ich mich nicht mehr besinnen kann, hielt eine ausgezeichnete Rede, in der er buchstäblich dem Herrenklub die Leviten las. Er sagte etwa, wodurch seien die Herren erst zu wirklichen Herren geworden? Die Strauchritter, die Köckeritz und Itzenplitz, die das Land verheerten, wären keine Herren sondern Räuber. Herren seien die Adligen erst geworden, als sie es gelernt hatten, ihrem König ganz zu dienen. Der Dienst ist die Voraussetzung wirklichen Herrentums. Jetzt, nachdem wir keinen König mehr in Preußen haben, dem wir dienen können, verfiele unser Herrsein leicht wieder in das ausbeutende Strauchrittertum, indem wir zu einer adligen Lobby würden, die nur an die eigenen Interessen denke. Welche Bedeutung könnten aber auch in der Republik der Adel und die Staatsgesinnung erlangen, wenn wir uns gerade mit unserem durch den Dienst für unseren König geprägtes Herrentum selbstlos in den Dienst des Vaterlandes stellten. Er wies darauf hin, wie nötig diese Führung der Dienenden heute sei. Nach dem Schluss des Vortrags saßen wir noch kurze Zeit im Herrenklub und hörten uns die Gespräche an. Über den Inhalt des Vortrags fiel kein Wort, sondern das ganze Gespräch drehte sich ausschließlich" um die bevorstehenden Reichstagswahlen und ob Graf Westarp der geeignete Mann sei, der die Interessen der Gutsbesitzer und des Adels als Führer der Deutschnationalen wirklich vertreten würde. Gerade nichts als Lobby. Auf dem Heimweg sagte mir Harald, so sehe es allenthalben aus, jeder wolle nur das größte Stück vom Kuchen für sich ergattern.

Mit Harald von Rautenfeld fuhr ich 1925 zu unserem Jubiläum der Fraternitas Baltika nach Riga. Nach Lettland hatte ich keinerlei Schwierigkeiten die Erlaubnis zur Einreise zu erlangen. Vorher sagte mir schon Harald, dass in Riga weitgehend eine Voreingenommenheit gegen die Balten in Deutschland bestände. So herzlich wie wir von vielen unserer Landsleute begrüßt wurden, so merkte ich doch eine gewisse Ablehnung besonders einiger der älteren Philister. So etwa als hätten sie gesagt: „Die Landsleute, die nicht mehr in der Heimat wohnen, sind keine echten Balten mehr und hätten uns nichts zu sagen". Ganz im Gegensatz zu diesen selbstzufriedenen verknöcherten (einigen) Philistern bereitete uns die Aktivitas zu der eine Anzahl von X-Brüdern gehörten, einen sehr herzlichen Empfang in unserem alten Konventsquartier. Der damalige Senior bat uns, Harald von Rautenfeld und mich, zum Kommers Landesväter zu sein. Es war nämlich nur vier Landleuten möglich geworden, zu diesem Jubiläum aus Deutschland anzureisen, während die große Zahl an einem Ort in Deutschland das Jubiläum feierte. Außerdem wurde ich gebeten, auch am Denkmal der in der Landeswehr Gefallenen und Ermordeten neben unserem Philister Pastor Habicht, der damals noch in Dorpat an einer estnischen Kirche Pastor war, eine Andacht zu halten. Da ich nicht darauf vorbereitet war, musste ich mir einen Talar besorgen. Beim Kommers hatten die Landesväter ja jeder eine Rede zu halten. Gewöhnlich waren es vier. Jetzt waren es acht. Die offiziellen Reden waren erstens auf die Heimat, zweitens auf die Hochschule, drittens auf unsere Damen und viertens auf die Fraternitas zu halten. Harald von Rautenfeld war designiert, auf die Heimat zu sprechen. Er sprach einfach hinreißend. Er war ein Redner von ganz großem Format. Natürlich sprach er immer ganz frei ohne jeden Zettel, aber so, als wenn er eine Rede in der Luft ablesen würde, ohne die Zuhörer anzuschauen und doch merkte er jede leiseste Reaktion auf seine Rede und ging gleichsam ihr nach. Diese seine Rede sprengte durchaus den Rahmen einer gewöhnlichen Kommersrede, nicht der Zeit nach, sondern der Tiefe nach, in die sie hineinschürfte. Ausgehend von seinen Kindererlebnissen in der Heimat am litauischen Strande – das wäre ein ursprüngliches Kindererlebnis, aber es wäre mit ihm gewachsen und hätte sich vertieft und wäre ein unveräußerlicher Teil seines Lebens geworden. Dann kam er auf das Verhältnis von Heimat und Glaube zu sprechen, wie er es als untrennbar im russischen Volke erlebt hätte. Durch den Bolschewismus sei das russische Volk weitgehend ein entwurzeltes Volk geworden, denn der orthodoxe Glaube sei unveräußerlich mit dem Heimaterlebnis verbunden. Nur die, die diesen Glauben bewahrt haben, und es seien viel mehr als man denkt, hätten auch in Russland ihre Heimat nicht verloren. So sei auch für ihn die Liebe zur Heimat tief mit seinem Christenglauben verbunden, sie sei ihm zum irdischen Symbol der ewigen Heimat geworden, zu der er sich durch Christus berufen wisse.

Da ich als Landesvater gleichsam ein überschüssiger Landesvater war, konnte ich mir mein Thema frei wählen. Da übermittelte ich einen Gruß der Landsleute aus dem Auslande an die schwerstbelasteten Heimatgenossen, nämlich an die sogenannten Restgutbesitzer, die die größten Nöte auf sich nähmen, um eine Heimatscholle noch selbst zu bewirtschaften. Nach dem Kommers stürzte dankend mit Tränen in den Augen mein Landsmann Herbert von Samson auf mich zu. Er war tief bewegt, dass ich in meiner Ansprache dieser sogenannten Restgutbewirtschafter gedacht habe. Sein Gut Bockenhof lag in der estnischen Republik, da er aber nicht im Baltenregiment gekämpft hatte, wurde er nicht als „södur" Heimkämpfer anerkannt und erhielt nur eine winzige Parzelle seines früheren Gutes bei der Agrarreform zugeteilt. Er hatte nicht das Geld, sich mehr als eine zweite Parzelle hinzuzukaufen. Von zwei dieser winzigen Parzellen konnte eigentlich keiner seine Familie ernähren. Er ist wohl der Einzige gewesen, der unter dieser Not bis zur Umsiedlung 1939 in den Heimatboden gleichsam verkrampft dieses Hungerleben durchgehalten hat. Zum nächsten Sonntag war der Gedenktag an die in der Landeswehr Gefallenen, die große Zahl der Ermordeten und die im Gefängnis Verstorbenen der Bolschewistenzeit angesetzt. Ich traf mich mit unserem Philister-Pastor Habicht im Konventsquartier, wo wir uns umzogen. Dann fuhren wir mit einem Mietwagen, einem Fuhrmann zum Friedhof. An der Friedhofspforte erwarteten uns die Landsleute und wir formierten uns zu einem Zuge. Voran gingen zwei Frauen unserer Philister mit einem großen Kranz mit den Schleifen unserer Fraternitas, darauf folgten wir Pastoren und geschlossen unsere Landsleute und Philister – alle mit umflorten Deckel und Farbenband – und dann schloss sich eine Unzahl von Teilnehmern – vielfach auch mit Kränzen und Blumen an. Ohne dass wir es wussten, hatte es sich in der Stadt herumgesprochen, dass eine Ehrung aller Blutzeugen der Heimat am Gedächnisstein der Gefallenen und Ermordeten stattfinden würde. Der Weg zu dem Gedächnisstein war recht lang, und von allen Seiten schlossen sich Ströme von Teilnehmern an. Während Habicht in seiner Ansprache u.a. betonte, dass das damals gebrachte Blutopfer, das im ganzen Baltikum – sei es in Dorpat, an der Navelfront, sei es in Wesenberg, sei es vor allem Riga, in dessen Gefängnissen Balten aller Provinzen ermordet wurden oder an Seuchen umkamen – uns zusammengeschweißt hat zu einer Gemeinde. Diesen Gedanken griff ich auf angesichts der Riesengemeinde, die sich versammelt hatte. Ich nannte sie nicht nur eine „trauernde" sondern eine „bekennende" Gemeinde; das Wort „bekennen" ließ ich jeden nach seinem eigenen Bekenntnis deuten. Denn auch hinter dem Bekenntnis zu dem gebrachten Blutopfer stand bewusst oder unbewusst ein Bekenntnis zu Gott. Zum Schluss wies ich darauf hin, dass solche Zeiten der größten Not auch Zeiten der höchsten Leistung werden, in denen Gott in uns Schwachen mächtig wird. Ich wies darauf hin, dass ein schwaches Menschenkind eine Quelle des Trostes und größte Seelsorgerin werden kann. Ich erinnerte an die blutjunge Marion von Klot, die im Zentralgefängnis in der Frauenabteilung nur durch ihren täglichen Abendgesang eine große Hilfe der dem Tode geweihten Frauen wurde. Trotz ihrer Jugend war sie mit einer herrlichen Stimme begabt, eine voll ausgebildete Konzertsängerin, die täglich das eine Lied gesungen hat: „Weiß ich den Weg auch nicht, Du weißt ihn wohl; das macht die

Seele still und friedevoll ..." Dann sprach die ganze Riesengemeinde gemeinsam das Vaterunser. Pastor Habicht, und ich wollten uns
nach dem Segen leise zurückziehe. Da ertönte plötzlich von einer
großen Frauengruppe von etwa 40–50 Frauen, die ich von Anfang an dicht hinter dem Gedenkstein stehen sah, ein Lied. Dieser
Frauenchor einer deutschen Kirchengemeinde hatte beschlossen,
ohne dass jemand weiteres verständigt worden war, das Lied der
Marion von Klot am Gedenkstein zu singen. Dieser Gesang, der
so ganz sich in den Rahmen der Feier einfügte, hat die Gemeinde
tief ergriffen. Dann stellte ich mich hinter den Gedenkstein, und es
bildete sich von selbst eine Gasse von etwa fünfzehn Schritt. Unter
vollster herrschender Stille trat jeder Einzelne an den Gedenkstein
heran. Keiner drängte. Es herrschte eine vollständige Stille, und
ich hatte das Empfinden, dass jeder jeden Herantretenden hinbe-
gleitete, der doch sein Eigenstes zum Gedenkstein trug, manche
sogar mit Blumen, ja oft sogar mit einer einzelnen Blume oder die
meisten mit leeren Händen. Wohl flossen manche Tränen auch bei
Männern, aber niemand hat sich der Trauer allein hingegeben. Immer lag gerade etwas von einem Bekennen auf den Gesichtern,
die sich aber auch nicht scheuten, gleichsam stillschweigend dieses Bekenntnis preiszugeben. Besonders hat mich das Herantreten
von Harald von Rautenfeld und sein Gesichtsausdruck ergriffen.
Tiefstes Beugen vor dem Blutopfer, gleichzeitig Bekenntnis und
Verantwortung lag in seinen Zügen. Ich habe auch später nie so
etwas erlebt wie dieses Herantreten des Einzelnen ohne Gedränge
bei vollster Ruhe und vollstem Schweigen. Es dauerte ja mindes-
tens eine Dreiviertelstunde oder sogar länger.

Jetzt juckt es mich doch, manches Erheiternde von dieser Riga-
Reise zu erzählen. Harald von Rautenfeld mahnte mich kurz vor
der Litauer Grenze, nicht über diese kostümierten Vogelscheuchen
der Litauer Grenzer zu lachen. Diese Grenzer steckten – damals
jedenfalls – in einer ganz unglaublich phantastischen Uniform.
Auf dem Kopf trugen sie etwas, das wie ein Tropenhelm aussah.
Unten hatten sie kurze Pumphosen und an den Waden Wickel-
gamaschen, an den Füssen Schnürstiefel mit großen klingenden
Sporen.

Wir hatten im Speisewagen zu Abend gegessen und saßen bei
einer Flasche Rotwein, die uns der Kellner ruhig, ohne etwas zu
sagen, serviert hatte. Etwa fünf Minuten später stürzte er herein

und riss uns die Flasche Rotwein fort, gestattete freilich, dass wir unsere ersten Gläser gleich austranken. Er sagte, wir führen gleich in den Bahnhof in Meiten ein, der Grenzstadt nach Lettland, und in Lettland dürfte seit einem Monat nach 18:00 Uhr kein Alkohol ausgeschenkt werden. Wie wir nach der Uhr sahen war es gerade 18.05 Uhr. Natürlich mussten wir die Flasche Rotwein voll bezahlen.

Die lettischen Grenzer sahen durchaus manierlicher aus. Sie durchwühlten nur unser leichtes Handgepäck unglaublich genau und zwar nach Drucksachen und Handgeschriebenem suchend. Denn in Lettland herrschte immer noch seit der radikalen Regierung von Ulmanis strengste Zensur. Von Rautenfeld sagte, dass er jedesmal, wenn er die Grenze nach Lettland passiere, das Gefühl habe, nach der SU einzureisen, dabei stünde jetzt die Regierung gar nicht mehr so bolschewikenfreundlich.

Diese Alkoholbestimmung für Restaurants nach 18:00 Uhr keinen Wein ausschenken zu dürfen, war eine sinnlose Konzession an den lettischen Frauenverein. Bis 18:00 Uhr konnte man allenthalben jeden Alkohol ausgeschenkt bekommen oder käuflich erwerben. Ein Alkoholverbot für die Privatwohnung bestand überhaupt nicht. Dies galt auch für die Konventsquartiere der Korporationen, da sie nicht als Restaurants sondern als Privatwohnungen galten. Eines Abends forderte uns ein Landsmann auf in eine Nachtbar zu gehen, denn, wie er sagte, bei Mineralwasser, Kaffee oder Tee sitze es sich sehr amüsant. Wir gingen trotz der Bedenken mit ihm hin.

Tatsächlich sahen wir nur nichtalkoholische Getränke auf den Tischen des sehr gut besuchten Lokals. Unser Landsmann bestellte auch Tee und sagte dann „mm" zum Kellner. Ein sehr hübsches Teeservice mit einer Teekanne wurde uns serviert. Wie wir aus der Teekanne den Tee eingossen und schmeckten, war es Madeira. Mein Nachbar wies auf einen Nachbartisch, wo Leute Mineralwasser aus einer echten Mineralwasserflasche in große Gläser gössen. Das sei Schnaps, meinte er. Zur Tarnung von Rotwein gab es sogenannten Mors. Das war das sehr schmackhafte Getränk aus Kransbeersaft (Moosbeeren), der aus Glaskaraffen ausgeschenkt wurde. Weißwein war als Zitronenlimonade getarnt, die als moussierende Limonade Sekt tarnte. Die Farbtarnung war tatsächlich perfekt. Diese Bar war für den Frauenverkehr außer den angestellten Bardamen gesperrt. Freilich fanden zuweilen auch Inspektionen durch Frauen des Frauenvereins statt. Diese mussten aber stets der Polizei gemeldet werden und fanden in Begleitung von Polizeibeamten statt. Wir erlebten gerade eine solche Inspektion. Der Kellner trat plötzlich an unseren Tisch und sagte, um 11:00 Uhr würde eine Fraueninspektion stattfinden. Er nahm unseren schönen Madeira fort und ersetzte ihn durch wirklichen Tee. Punkt 11:00 Uhr erschienen drei Frauen mit Polizeibeamten, die in jede Tasse und jedes Glas hineinschauten und schnüffelten, aber natürlich nichts Verdächtiges fanden. Als sie verschwunden waren, erhielten wir wieder unseren Madeira. Diese Komödie konnten sich natürlich die großen Restaurants und Hotels nicht leisten. Dort gab es nur zum Mittagessen Alkoholika, am Abend aber nur alkoholfreie Getränke.

Harald von Rautenfeld, der die Entmenschlichung des russischen Menschen durch den Bolschewismus in Moskau erlebt hatte, sah damals die Hauptgefahr für die ganze Welt im sogenannten Leninismus gegeben. Gewiss war er nicht blind gegenüber der Gefahr, die unserer Baltischen Brüderschaft durch den Nationalsozialismus drohte, aber er hoffte wohl, durch den Gegensatz des Nationalsozialismus zu dem Bolschewismus in Mitarbeit im sogenannten Büro Rosenberg eine besondere Richtlinie dem Nationalsozialismus geben zu können. Er ist nie Parteigenosse gewesen, und trotzdem wurde er zu dieser Mitarbeit durch Rosenberg herangezogen, weil die unwahrscheinlich große Kenntnis in Ostfragen, die er besaß, von Rosenberg ausgenutzt werden sollte. Interessant war Harald von Rautenfelds Beurteilung Lenins, die er auch später auf alle sowjetischen Machthaber eigentlich übertrug. Er meinte, Lenin sei nie ein kommunistischer Doktrinär gewesen. Er musste die ganze bürgerliche Welt zerschlagen, weil er auf ihrer Grundlage nie zur Macht gelangt wäre. Er konnte eine absolute Herrschaft nur über Entwurzelte aufrichten. So sei sein Kampf gegen jede Verwurzelung in der Umwelt gerichtet. Er führte einige authentische Aussprüche Lenins an, die dieser ruhig – seiner Machtstellung bewusst – ausgesprochen hat, freilich begleitet mit seinem tödlichen Lachen. Wie er einmal darauf aufmerksam gemacht wurde, dass eine These, die er aufgestellt habe, der Lehre von Karl Marx widerspreche, habe er gesagt: „Ich bin doch kein Diener von Marx, sondern Marx muss mir dienen, soweit ich ihn brauchen kann."

Oder wie gefragt wurde, ob es wirklich keinen Menschen gäbe, den er achten könne, habe geantwortet: „Nein, diese Sentimentalität darf ich mir nicht leisten, denn dadurch würde ich ihm eine Herrschaft über mich einräumen. Ich kann jetzt meinen Bruder achten, denn er lebt nicht mehr und kann keine Gefahr für mich bedeuten." (Sein Bruder war wegen eines missglückten Attentats auf den Zaren hingerichtet worden.) Der absolute Herrschaftswille stehe als einzige führende Kraft hinter allen kommunistischen Führern und ihre Doktrinen gelten nur der Verankerung der eigenen Machtstellung. Dies gelte für einen Lenin wie für Trotzki und Stalin, einen Chruschtschow, einen Mao, einen Castro, einen Breschnew ebenso wie unter anderen Vorzeichen für einen Hitler. Von Volksbeglückung kann nicht die Rede sein. Diese klare Schau war Harald von Rautenfeld gegeben, für die ich ihm danke. Er war dabei nichts weniger als ein Vollblutpolitiker. In den Kapiteltagungen hielt er sich zurück und doch galt sein Wort viel.

C GERT VON DOLGOW

Eigentlich war Gert von Dolgow seiner Abstammung nach kein Balte. Seine Eltern waren geschieden. Sein Vater war zaristischer russischer General der Artillerie. Seine Mutter war Deutsche, aber ein sehr schwerer Charakter. Sie wollte, dass ihr Sohn Gert eine deutsche Erziehung genoss. Darum gab sie ihn nach Birkenruh in Livland ins Internat der Livländischen Ritterschaft. Dadurch kam er in die baltische Umgebung und Kameradschaft.

Nach dem deutschen Zusammenbruch wurde er in Riga von den Bolschewiken in die Rote Armee gesteckt. Er hatte sehr früh geheiratet; seine Frau war Baltin, die aber ganz in Petersburg aufgewachsen war. Ihnen gelang die Flucht nach Schweden. Dort hatte er eine Sekretärstelle bei einem reichen Großgrundbesitzer, einem Herrn von Arnold, der selbst baltischer Abstammung war und noch in Estland geboren war.

In Schweden hatte von Dolgow eine leibliche Schwester, die mit einem dort lebenden Engländer verheiratet war. Seine Mutter war in zweiter Ehe mit einem Dänen verheiratet und wohnte in Kopenhagen. Dann hatte er irgendwie Beziehungen zur Schule der Weisheit von Graf Hermann Keyserling gewonnen, die ihn veranlasste Philosophie zu studieren. So kam er als Student nach Greifswald. In seinem Hause habe ich sehr viel verkehrt. Da er wohl von der Mutter her ein sehr erhebliches Vermögen hatte, das sein Schwager in Schweden verwaltete, konnte er es sich leisten ein solches Fach wie Philosophie zu studieren. Er hielt sich ganz zur baltischen Studentenschaft und ich hielt ihn durchaus für geeignet in den X berufen zu werden, aber außer Bruder Siegfried Sivers hatten alle anderen Brüder Bedenken. Das hing mit seiner Eingenommenheit für die Philosophie von Hermann Keyserling zusammen, über die er an einer Doktorschrift arbeitete. Die Richtung, die Hermann Keyserling vertrat, und besonders auch seine Persönlichkeit stimmten gar nicht mit dem Geist zusammen, der unseren X beseelte. Harald von Rautenfeld teilte mir einen

Ausspruch einer der klügsten Frauen, die er kannte, mit. Es war die Mutter des ermordeten Walter Rathenau. Wie in einem Gespräch Keyserling erwähnt wurde, sagte sie: „Ich bin wohl Jüdin und Keyserling ist jetzt ein Judenfreund, aber als Frau genieße ich Narrenfreiheit. Herkommend von Richard Wagner (krasser Antisemit), hinüber zu Auston Chamberlain (Engländer, aber mit der Familie Wagner versippt, Verfasser des bedeutenden aber stark antisemitischen Buches „Das Gesicht des Jahrhunderts" – wir nannten es Säkularvisage) über die indischen Veden und plötzlich hin zu Kommerzienrat Schwabach in der Tiergartenstraße (sehr reicher jüdischer Finanzmann, der die Schule der Weisheit finanzierte). Diese auf Aktien aufgezogene Weisheit hängt mir zum Halse heraus."

Ein treffenderes Wort gibt es kaum zur Charakteristik der Philosophie des von sich überaus eingenommenen Keyserling. Aber wir haben doch die Berufung Gert von Dolgows in den X durchgesetzt. Nun geschah etwas ganz Wunderbares, das ich nur mit der Befreiung einer Persönlichkeit vergleichen kann. Wenn ich alle Unterhaltungen mit ihm bisher als interessant empfunden hatte, so nur in dem Sinne wie wir es in unserer intellektualistischen Zeit verstehen und nicht im Sinne des lateinischen Wortes „inter esse", also wirklich „inmitten sein". Er war bisher stets irgendwie ein Außenseiter gewesen. Er war kein voller Russe und kein voller Deutscher, er war auch kein voller Balte. So fühlte er sich angezogen von der Philosophie von Keyserling, die über allem schwebte und jede innerste Beteiligung als vulgäremotional verwarf. Kaum war er in den Kreis unserer Brüder getreten, erlebte er die Kraft des brüderlichen Seins, die seine ganze Persönlichkeit ergriff. So wurde er zu einem Mittelpunkt der Brüderlichkeit. Was früher Theorie war, wurde lebendig. Seine so vielseitig begabte Persönlichkeit erschloss sich zu neuem wirklichen Leben auch gerade im Glauben. Wie er dann nach Misdroy als Erzieher des baltischen Internats der Baltenschule berufen wurde, hatte er bald Krach mit dem damals noch herrschenden kleinkarierten und glaubensengen Vertreter der Iowa-Wisconsin-Synode. Da kaufte er ein größeres Haus und richtete es für die ein, die die hohen Kosten des Dünenschloßinternats nicht bezahlen konnten. Auch nahm er seine Stiefgeschwister zu sich, da sein Vater – der zaristische General – vollständig mittellos in Prag lebte.

Gleichzeitig erwachte auch in Gert von Dolgow seine herrlich weitherzige russische Natur im besten Sinne zu voller Entfaltung. An seinem stets sehr großen Mittagstisch – außer seiner Familie, er hatte später vier Kinder, und seinen Pensionären waren immer noch Gäste anwesend – ging es nie knapp, aber stets sparsam zu. So war Pferdefleisch ein Grundnahrungsmittel. Gleichzeitig aber hat er uns – da weder meine Familie und erst recht nicht die meiner Frau, die eine Vollwaise war, es konnten – eine große Hochzeitsfeier als selbstverständlich ausgerichtet, an der auch meiner Frau befreundete reichsdeutsche Familien teilnahmen. Am Abend nahm noch die ganze Baltenkolonie von Misdroy an der Feier teil.

Gert von Dolgow war nichts weniger als ein Politiker. Freilich war er ein ausgesprochener geistiger Gegner sowohl des Bolschewismus als auch des Nationalsozialismus. Trotzdem wurde er vom Führenden Bruder sehr geschätzt. Es war von größter Bedeutung für die Brüderlichkeit, dass er Gert von Dolgow zum Leiter des Innenamtes berief. Als solcher hat Gert von Dolgow in der Baltischen Brüderschaft den Geist der Brüderlichkeit durch seine Rundschreiben, die nicht nur interessant, sondern eine Freude zu lesen waren, da er ein sehr feines Sprachgefühl hatte, in unwahrscheinlicher Weise gefördert. Freilich, in seinen Briefen benutzte er leicht stark überspitzte Formulierungen. Da es in der Baltischen Brüderschaft kein Amt des Leiters des Kapitels gab, war von Dolgow das Sprachrohr der Brüderschaft und konnte in seinen Rundschreiben auch viele eigene Ansichten bringen, die das Gesamtsein der Brüderschaft betrafen.

Als ich in einer Kapitelsitzung bat, mich vom Referat „Kirche" zu befreien, wurde von Dolgow mit diesem Referat betraut. Er hat auch nur ein Rundschreiben als Referent für die „Kirche" herausgebracht. Dann sah er ein, dass ein Referat „Kirche" eine Unmöglichkeit sei. Stattdessen ließ er den christlichen Glauben als selbstverständliche Grundlage unserer Gemeinschaft in feiner Form durch alle seine Rundschreiben hindurchklingen. Wenn ich jetzt zurückblicke, so steht vor mir die Frage: Wie stand eigentlich Bruder Gert von Dolgow zur baltischen Heimat?

Gekannt hat er Livland eigentlich nur als junger Mensch und – als Fremdling. Als Bruder fühlte er sich aber ganz in der Heimat verwurzelt. Wirklich erlebt hat er diese seine neue Heimat nur durch den X und die Baltische Brüderschaft. Diese Brüderlichkeit verkörperte gleichsam für ihn den Heimatboden, in dem er seine reiche und hochbegabte Persönlichkeit verwurzelte, blühte und die wertvollsten Früchte trug.

D GEORG VON MANTEUFFEL
(s. auch Anm. 15)

Nun wieder zu einem ganz anders gearteten wichtigen Bruder unserer Brüderschaft. Ganz wie Gert von Dolgow war von Manteuffel ein ganz ausgesprochener Gegner des Nationalsozialismus, aber sein Gegensatz war vorwiegend politischer Art. Wenn Gert von Dolgow vom ganzen Niveau des Nationalsozialismus abgestoßen war, so verwarf von Manteuffel vor allem die nationalsozialistische Politik und den Persönlichkeitskult als plebejisch. Eines ist mir nicht klar, woher bei ihm die Saloppheit und Missachtung jeder gesellschaftlichen Form kam. Er war aus altem kurischen Adel, der ältere Bruder des in Riga bei der Befreiung der Gefangenen in der Zitadelle gefallenen Kommandeurs des Stoßtrupps der baltischen Landeswehr, Hans von Manteuffel, den man zu Recht den wirklichen Befreier Rigas nennen kann; denn nur seiner Initiative ist der unwahrscheinliche Vorstoß durch die Tirulsümpfe auf die noch unzerstörten Dünabrücken und die volle Überrumpelung der Sowjettruppen zu verdanken.

Auch sein Bruder Heinrich hatte diese arrogant wirkende Manierlosigkeit, die Georg von Manteuffel kennzeichnete, nicht. Schon während der Bolschewikenkämpfe in der Heimat war Georg von Manteuffel nicht bei der kämpfenden Truppe, sondern hatte die äußerst schwierige Verbindung sowohl mit dem Landesrat, der sich in Libau gebildet hatte, als auch mit dem Oberkommandierenden Graf v. d. Goltz und der Baltischen Landeswehr herzustellen. Dies war eine rein politische Aufgabe, die er meisterhaft erfüllt hat. Er war damals ja nur an der Ostpolitik und Heimatpolitik interessiert, die ganz den Richtlinien unserer Brüderschaft entsprach, die ihn lückenlos in unsere Gemeinschaft einfügte. Er war ein ganz wertvoller Bruder, und doch habe ich ihm einst zu X-Zeiten ernstlich ins Gewissen reden müssen. Er hatte in einer Aussprache mit ganz jungen Brüdern der Intensität seiner Persönlichkeit so freien Lauf gegeben, dass diese Brüder sich ganz bedrückt fühlten und sich von ihm überfordert wussten. Darüber hatten sie sich mit mir ausgesprochen. Ich stellte ihn darauf zur Rede und sagte ihm, dass es kein brüderliches Verhalten diesen jungen Brüdern gegenüber sei, sie einfach an die Wand zu klatschen. Erst brauste er auf und sagte: „Wer sich durch mich an die Wand klatschen lässt, der ist keine Persönlichkeit". Dann aber wurde er nachdenklich und meinte, dass er vielleicht zu schroff gewesen sei. Das sei sein Fehler, dass er seiner Intensität zu wenig Zügel anlege. Ja, genau das war sein Fehler – keine Selbstbeherrschung, also Zuchtlosigkeit.

In den Kapiteltagungen merkte man hiervon überhaupt nichts. Da war er ein sehr wertvoller – meist politischer Berater. Das hing damit zusammen, dass er sich der Verantwortung in der Kapitelarbeit so tief bewusst wurde, dass er sein Temperament in Zucht nahm. Nicht zuletzt hing es aber auch mit der Hochachtung zusammen, die er stets der Persönlichkeit des Führenden Bruders zollte.

Diese unwahrscheinliche Nichtachtung der einfachsten gesellschaftlichen Rücksichten äußerte sich auch in seinem häuslichen Leben seiner ersten Frau gegenüber. Sie war bedeutend älter als er und entstammte dem reichsdeutschen Hochadel. Wie ich einmal in Berlin zu tun hatte, ich weiß nicht mehr, ob es zu X-Zeiten oder zu Zeiten der Brüderschaft war, lud mich Georg von Manteuffel zu einem Mittagessen ein. Außer einem Bruder waren noch sechs oder sieben namhafte deutsche Politiker geladen. Das Gespräch bewegte sich wohl um Ostfragen, aber Polen und nicht das Baltikum betreffend. So weit ich mich erinnere, handelte es sich um die Stellung des polnischen Hochadels zur neuen polnischen Republik. Auf einmal hörte ich Manteuffel laut „Nein" sagen, darauf sprang er auf und verließ die Tafel. Seine Frau sagte ganz bedrückt: „So ist mein Mann, wenn eine Frage ihn bewegt, muss er ihr gleich auf den Grund gehen. Bitte, lassen Sie sich nicht stören". Nach einer Viertelstunde erschien er wieder mit einer Schrift, die er einem Gast übergab. Darin sagte er leichthin entschuldigend, wenn eine Frage ihn bewege, müsse er ihr gleich auf den Grund gehen. Seine Frau sagte mir einmal, es sei wirklich nicht ganz leicht, mit so einem bedeutenden Mann verheiratet zu sein, aber sie verehre ihn.

Seine Frau ist bald darauf gestorben, und er bat mich, die Beerdigungsfeier zu übernehmen.

Diese Feier bedrückte mich etwas, da es eine riesige Trauergemeinde war, an der außer einer Anzahl unserer Brüder noch eine sehr große Zahl der reichsdeutschen Hocharistokratie teilnahm – und zwar sowohl von seiner Seite, da seine Mutter eine Gräfin Pappenheim war, als auch von ihrer Seite. Ich nahm keine Rücksicht auf die Art der Trauergäste, sondern sprach nur über das Evangelium: „Ich bin der Weg und die Wahrheit und das Leben; niemand kommt zum Vater, denn durch mich". Zum Schluss dankte mir Georg von Manteuffel besonders herzlich: „Ich habe mich nicht in dir getäuscht, dass du mir das herrliche Evangelium verkündet hast".

Gewiss hätte ich Lust, über viele mir so nahestehender Brüder wie Willi Ruke, Fritz Worms, Erik Kaul und viele andere noch näher zu berichten, aber ich muss mich einschränken. Über von Manteuffel, Harald von Rautenfeld und vor allem Otto von Kursell, unseren Führenden Bruder, werde ich sowieso noch in folgenden Abschnitten über die Brüderlichkeit berichten. Hier will ich nur noch eines Bruders besonders herzlich gedenken, der wohl in die Brüderschaft außer mit seinen Konventspredigten nicht leitend eingreifen konnte. Es ist der:

Bruder Walter Bielenstein war der einzige Mensch, von dem ich folgendes sagen kann: Seine Persönlichkeit hatte eine so starke Ausstrahlung, dass, wenn er in ein Zimmer trat, er eine Atmosphäre verbreitete, in der er selbst völlig frei atmen konnte. Aber nicht nur er selbst, sondern auch alle Anwesenden. Diese Atmosphäre war so lebendig voller erlösender Menschlichkeit, voller Leben und herrlichem Humor. Er war ein echter Kurländer, und man sagt, die Kurländer in ihrer unbekümmerten lauten Art erfüllen immer, wenn sie einen Raum betreten, den ganzen Raum. Bielensteins noch so leises Erscheinen erfüllte schon den ganzen Raum. Daher war er allenthalben ein immer freudig begrüßter Gast.

Sein Vater war auch Pastor, aber ein Gelehrter, dem das lettische Volk, das er innig liebte, viel verdankt. Er hatte durch wissenschaftliche Forschung nicht nur die lettischen Volksüberlieferungen, sondern auch vor allem die lettische Sprache sowohl grammatikalisch als auch in Dichtung (das Lettische) zu einer Kultursprache erhoben. Während der sogenannten Revolution 1905/1906 überfiel eine schwerbewaffnete Bande im Gottesdienst den Bruder von Walter Bielenstein, der ebenfalls Pastor war und hatte ihn erschossen, ebenso wie einen Gutsbesitzer und Patron, den sie dann an den Füssen aus der Kirche heraus geschleift hatten. Die empörte Gottesdienstgemeinde wurde von den Bewaffneten so terrorisiert, dass sie nichts machen konnte. Walter Bielenstein war in seinem Pastorat ebenso von einer schwerbewaffneten Bande überfallen worden und, da er waffenlos war, mit seiner jungen Familie gefangengenommen und mitgeschleift worden. Sie hatten schließlich über vierzig deutschbaltische Gefangene – fast nur Frauen und Kinder – wochenlang mitgetrieben und gedroht, dass, wenn einer fliehen würde, alle erschossen würden. Sie lebten nur von Raubüberfällen und übten einen solchen Terror aus, dass die weitgehend wohlgesinnte Bevölkerung es nicht wagte, den Standort der Bande den Behörden zu melden. Wie sie dann nicht allzu weit von Riga von Südkurland kommend über die Düna nach Südlivland übergesetzt hatten, hielt es Walter Bielenstein nicht mehr aus. Er sagte sich, der Mann müsse die Frauen und Kinder schützen, ein waffenloser Mann sei in diesen Zeiten eine klägliche Gestalt. Ohne irgendjemandem etwas zuvor zu sagen, gelang es ihm bei Einbruch der Dunkelheit sich unbemerkt durch die ausgestellten Posten hindurch zu schleichen und so schnell er konnte in Richtung Riga zu laufen. Später nahm ihn ein Bauernwagen auf, der ihn in gestrecktem Galopp nach Riga brachte, wo er einige Herren des Selbstschutzes mobilisierte. Wie mir hierüber schon mein Landsmann Arnold von Maydell erzählt hatte, der als Student damals an der Verfolgung der Bande im Selbstschutz teilgenommen hat. Es waren nur zwanzig Herren und fünf Dragoner, die gleich am frühen Morgen aus Riga aufgebrochen waren. Also standen sie einer zehnfachen Überlegenheit der Bande, die ebenfalls mit Militärgewehren ausgerüstet war, gegenüber. Aber diese Bande, wie sie merkte, dass ihr Aufenthalt bekanntgeworden war, löste sich ohne ein Gefecht anzunehmen in ein Nichts auf, d.h. sie verschwand restlos und spurlos, so dass die ganz ausgemergelten und verhungerten Gefangenen ohne einen Schuss abzugeben befreit werden konnten.

Bielenstein aber besorgte sich gleich einen Revolver, um kein unbewaffneter Mann mehr zu sein. Diesen geladenen Revolver hatte er stets bei sich getragen – auch bei den Gottesdiensten. Er erzählte, dass dieser auch unter dem Talar verborgene Revolver ihn bei der Austeilung des Heiligen Abendmahls durchaus gestört hat, nicht nur weil er unbequem war, sondern weil er durchaus sein christliches Gewissen bedrückt habe. Aber, meinte er, es könne nichts schaden, wenn seiner Gemeinde bekannt wurde, dass sie einen stets wehrhaften Pastor hätten. Jedenfalls ist in seiner Gemeinde nichts mehr geschehen, trotzdem das Bandenwesen noch keineswegs aufgehört hatte.

Bei meiner Hochzeit sind wir von Pastor Bielenstein getraut worden. Vor der Trauung sagte er zu meiner Frau: „Kindchen, was ich bei der Trauung sagen werde, ist nicht von Belang, aber ich bin wirklich heute mit meinem ganzen Wesen bei euch". Was er gesagt hat, weiß ich nicht mehr und kann mich keines Wortes erinnern, dass aber am Anfang unserer Ehe diese prächtige Persönlichkeit mit ihrer ganzen brüderlichen Liebe gestanden hat, ist uns bis zum heutigen Tage von größter Bedeutung gewesen.

Seine Gemeinde Budow lag im selben Kirchenkreis wie meine spätere Gemeinde Bütow. Wie ich nach Bütow berufen wurde, schrieb er mir einen so herzlichen und freudigen Brief, der gleichzeitig eine so feine und humoristische und treffende Schilderung des Milieus des Bütower Kirchenkreises – dabei ohne jegliche Boshaftigkeit – enthielt, dass ich vollständig im Bilde war. Wie ich einmal mit ihm in seinem Auto irgendwohin fahren wollte, sagte er zu mir: „Ich muss dich darauf vorbereiten, dass ich wohl lange schon Autofahrer bin, aber wie zu aller Technik so auch zu meinem Auto kein Verhältnis habe. Ich habe wohl bisher immer noch mein Ziel erreicht, aber stets wie ein Wunder nur durch Gottes Hilfe". Zu einer Pfarrkonferenz, die meist in meinem Arbeitszimmer stattfand, kam Bielenstein etwas verspätet an. Er entschuldigte sich, dann aber sagte er vor allen versammelten Pastoren: „Ich muss mich auch bei Dir entschuldigen, denn ich habe soeben Deine Frau im dunklen Korridor gestreichelt; sie hat mich so herzlich begrüßt, dass ich nicht anders konnte, als ihr die Wange zu streicheln."

Einmal zur Zeit des Kirchenkampfes zeigte mir unser Superintendent Engel, mit dem er sich sehr gut stand, etwa folgenden Brief Bielensteins: „Sehr geehrter Herr Superintendent! Ich teile Ihnen hiermit mit, dass ich auf drei Wochen beurlaubt bin. Mein Schwiegersohn (Pastor Behrling, Groß Nossin, ebenfalls baltischer Pastor und ebenfalls zu unseren Kirchenkreis gehörig) wird mich vertreten. Da ich jetzt der Bekennenden Kirche angehöre und Sie nicht, konnte ich Sie diesmal nicht als meinen Vorgesetzten anerkennen und nicht um Urlaub bitten. Natürlich habe ich mich nicht selbst beurlaubt, sondern habe ich mich von unserem Gott beurlauben lassen. Mit herzlichem Gruß Ihr Walter Bielenstein."

Unser Führender Bruder hat Bielenstein in seiner lebendigen Art sehr geschätzt und ihn gleichsam zu unserem Konventsprediger ernannt. Diese Konventsgottesdienste waren von tiefem christlichem Glauben getragen. Es war mir so, als wenn er uns packte und in den Tempel einführte, mit starker Hand und immer mit etwas Humor durch den Vorhof führte und mitten ins Heilige hinein, aber dann vor der Tür zum Allerheiligsten in frommer Scheu stehen blieb und sie nicht zu öffnen wagte. Nach einem solchen Gottesdienst sagte mir Bruder von Manteuffel, es sei wieder ein herrlicher Gottesdienst gewesen, aber echt bielensteinscher Art, nämlich etwas zu viel Brüderschaft und etwas zu wenig Evangelium. Diese so lebendigen Gottesdienste waren sehr beliebt. Außer den Brüdern waren stets die Angehörigen der in Berlin ansässigen Brüder und viele Freunde erschienen, so dass die große Kirche immer nicht nur bis um letzten Platz gefüllt war, sondern noch Menschen hinten standen.

Ich habe nur einen sehr ergreifenden Gemeindegottesdienst von ihm erlebt. Auf der Flucht war ich mit meinem Rade in vollstem Schneesturm Anfang März 1915 zu ihm hineingeweht. Auch er mit seiner Frau war in vollem Aufbruch, aber da am nächsten Tag Sonntag war, wollte er noch im Gottesdienst von seiner Gemeinde Abschied nehmen. Die Kirche war übervoll, aber alle auch im Aufbruch. Aus jedem Wort der Predigt hörte man die tiefe Verbundenheit des Pastors mit seiner Gemeinde heraus. Leider wurde ich durch die schreckliche Unbequemlichkeit des Gestühls gestört. Die Bänke waren so dicht angeordnet, dass man sitzend nicht wusste, wo seine Beine zu lassen, auch das Anlehnen war unmöglich, da ein vorstoßendes Sims von der Hinterbank einem schmerzhaft in den Rücken drückte. Auch stehen konnte man in diesem Gestühl nicht. Die vorspringenden Sitze drückten einem die Knie ein, kurz – vor meiner Weiterfahrt auf meinem Rade rieb ich mir meinen schmerzhaften Rücken und fragte Bielenstein, warum er nicht für besseres Gestühl in der Kirche gesorgt habe. Da meinte er, die Kirchenbänke seien unmöglich, aber er habe sich gesagt, dass wer auf diesen Bänken säße gewiss während der Predigt nicht einschlafen könne. Dies waren wohl die letzten Worte, die wir damals vor dem Abschied wechselten.

Wiedergesehen habe ich Bielenstein, wie er plötzlich strahlend und frisch wie immer mich unerwartet in Nesselwang besuchte. Er war erst kürzlich aus der Flüchtlingsgefangenschaft in Dänemark zurückgekehrt und wohnte jetzt mit Frau und Tochter in Reutlingen.

Damals erzählte er mir, welche Sorge er um seine Tochter gehabt habe, die er unerwartet mit ihrem kleinen Kinde auf dem Arm in einem Lager in Dänemark, das er als Seelsorger besuchen durfte, antraf. Er hatte sie hochschwanger aus der Nachbargemeinde Groß Nossin abholen wollen, traf aber schon während ihrer schweren Geburt ein. Als Geburtshelfer fand er einen Militärarzt vor, der als Zivilarzt Frauenarzt war und ihm sagte, dass er unmöglich seine Tochter mitnehmen könne, aber er selbst, dessen Truppenteil schon abgerückt war, sie nach der Entbindung mit einem Militärsanitätswagen sofort mit Kind nach Gotenhafen bringen würde. Bielenstein mit seiner Frau solle aber sofort weiterfahren. Darauf sei es ihnen gelungen, gerade kurz vor dem Durchbruch der russischen Panzer nach Gotenhafen zu gelangen. Auf seine Tochter hätte er aber vergebens dort gewartet und sei schließlich auf einem Flüchtlingsdampfer nach Dänemark übergesetzt.

Damals erzählte ihm seine Tochter, dass sie gleich nach der Entbindung von dem Arzt mit dem Kinde auf Nebenwegen zwischen den russischen Panzerwellen nach Gotenhafen (Gdingen) gekommen sei und gleich auf einem Flüchtlingsdampfer nach Dänemark verschifft worden sei.

Nach dem Besuch in Nesselwang schrieb Bielenstein in unser Gästebuch ein Bibelwort aus dem Buch der Richter: „Die den Herrn lieben, müssen strahlen wie die Sonne, die aufgeht in ihrer Pracht." Dazu sagte er, es sei leider ein Wort aus dem Alten Testament aber dennoch so schön (er stand sich nicht gut mit dem AT).

Später besuchte ich ihn in Reutlingen, da war er noch ebenso frisch wie immer. Er fragte mich: „Wusstest Du, dass ich unverschämt sein kann?" Aber er meinte, Unverschämtheit sei zuweilen am Platze. Er erzählte, wie er einmal in Reutlingen sich zu einer Kirchensammlung für das Gustav-Adolf-Werk zur Verfügung gestellt und mit seiner Sammelliste einen schwerreichen Industriellen besucht habe, mit dem er befreundet war. Da hatte er ihm gesagt, dass dieser Besuch ihn besonders freue, da er mit Sicherheit erwarte, von ihm einen Betrag von 1000 DM zu erhalten. Da habe der Industrielle nur gelacht und gesagt: „Ihnen kann ich doch keine Bitte abschlagen" und händigte ihm zwei Fünfhundertmarkscheine aus. Hierzu Bielenstein: „Unverschämtheit ist oft nützlich." Dass dieser so lebensvolle Mensch bald darauf einen Schlaganfall erlitten hat und ohne das Bewusstsein zu verlieren voll gelähmt und auch sprachunfähig ein Jahr vor seinem Tode gelegen hat, scheint mir schrecklich, ja irgendwie sinnwidrig.

Bei der letzten Kapiteltagung teilte uns der Führende Bruder mit, dass in der letzten Zeit von Parteiseite irgendeine Hetze gegen die Baltische Brüderschaft vorliege, deswegen hätte er ganz offen mit Himmler über Wesen, Sein und Zweck der Baltischen Brüderschaft gesprochen. Himmler hätte ihm gedankt, dass er ihm alles mitgeteilt habe, und er brauche sich keine Sorge zu machen, da er alles in Ordnung bringen würde. Kurze Zeit darauf erhielt ich ein Rundschreiben unmittelbar vom Führenden Bruder, das etwa so lautete: „Die Baltische Brüderschaft hat aufgehört zu existieren. Jede Rückfrage an ihn sei untersagt. Jeder brüderliche Verkehr habe zu unterbleiben und alle Unterlagen die Baltische Brüderschaft betreffend seien zu vernichten." (s. auch Anm. 16)

Ich war einfach vor den Kopf geschlagen. Ich hatte das Gefühl, ein Teil meines Lebens sei mir herausgerissen. Es war mir klar, dass der Führende Bruder selbst in einer sehr schlimmen Lage sei. Von sich aus hätte er ja gar nicht die Brüderschaft auflösen können, er hätte nur das Amt des Führenden Bruders niederlegen können, und ich kannte ihn gut genug, um mir zu sagen, dass er natürlich nie die Brüderschaft aufgelöst hätte. Es war mir klar, dass durch die Weisung, dass jeder brüderliche Verkehr zu unterbleiben habe, ein Verdacht der heimlichen Weiterführung der Brüderschaft unterbunden werden sollte. Aber was bedeutete der letzte Satz, dass alle Unterlagen die Brüderschaft betreffend zu vernichten seien? Wir hatten in der Brüderschaft ja keine Geheimakten, die wir nicht öffentlich vorzeigen könnten. Dieser Satz warf die Frage auf, ob dieses Rundschreiben des Führenden Bruders überhaupt von ihm ausgegangen sei oder von anderer Seite ausging. Da ich erst viel später von von Kursell selbst über die Vorgänge damals unterrichtet worden bin, werde ich in anderem Zusammenhang über das Geschehen berichten. Damals war ich ganz verwirrt.

Schließlich entschloss ich mich doch, telefonisch Bruder Bielenstein anzurufen, trotzdem es mir durch wohlwollende Gestapoleute mitgeteilt worden war, dass in meinen beiden neuinstallierten Telefonapparaten Mikrofone eingebaut waren, die es der Kreisleitung ermöglichten, alle meine Gespräche abzuhören. Ich fragte Bruder Bielenstein, ob er auch einen sonderbaren Brief erhalten habe. Er antwortete: ja, aus anderen Gründen habe er schon längst sein Gefängniskoffferchen gepackt. Dieser Brief habe ihn aber ganz verwirrt und durcheinandergebracht. Wie soll es nun weitergehen ...

Anmerkung 1

Gewiss habe ich später Näheres über die Entstehung der Verfassung der Baltischen Brüderschaft erfahren, aber um das Geheimnis der V.F. zu wahren, wie ich es noch ein Jahr vor dem Tode von Bruder Worms diesem versprochen habe, beschränke ich mich auf die angeführte Mitteilung.

Anmerkung 2

Die Form der neuen Verfassung der Baltischen Brüderschaft ist nicht mehr getarnt, aber besagt auch bewusst wenig über die Weltanschauung, die hinter der Verfassung steht.

Anmerkung 3

Hier liegt natürlich ein klarer Erinnerungsirrtum bei mir vor. Es gab den inneren Bruderkreis der lebenslänglich verpflichteten Brüder und einen äußeren Kreis, der die Möglichkeit hatte, genau so wie es die Verfassung des Brüderlichen Kreises BK vorsieht.

Anmerkung 4

Der erste Konvent fand in Berlin im April 1929 statt, wie auch alle späteren Konvente in Berlin stattfanden.

Anmerkung 5

Alexander von Engelhardt a. d. Hause Allenküll in Estland

Anmerkung 6

fällt aus

Anmerkung 7

Ich weiß nicht mehr, wer von den X-Brüdern in Estland zur Baltischen Brüderschaft gehörte; jedenfalls Bruder Alfred Walter, der eine deutsche Privatschule leitete, musste, weil er sich zur Brüderschaft bekannte, die Leitung der Schule aufgeben.

Anmerkung 8

Hierin muss ich mich korrigieren: Harald von Rautenfeld ist nie Wart der Brüderschaft gewesen, sondern sog. Stellvertretender Leiter des Kapitels, aber als solcher nie hervorgetreten. Der Führende Bruder hat nicht nur alle Kapiteltagungen geleitet, sondern auch die Kapitelarbeit allein geführt. Wart war von Anfang an Bruder Fritz Worms.

Anmerkung 9

Ich schickte den Brief an Harald v. R. nicht weil er Wart war, sondern weil ich mit ihm in ständiger Korrespondenz gestanden habe und den Führenden Bruder nicht mit der Sache belästigen wollte.

Anmerkung 10

Es handelt sich um Arnold Freiherr von Maydell, genannt „Kätzchen". Er war auch Baltenphilister wie ich und mein – wenn auch sehr viel älterer Zeitgenosse. Er war damals der oberste Regierungsarchitekt der lettischen Regierung. Verlor später diese Stellung durch den Prozess gegen die Baltischen Brüder seitens der lettischen Regierung. 1945 wurde er in Deutschland von den Russen verhaftet und ist in einem KZ-Lager an Tb gestorben.

Anmerkung 11

Was ich hier geschrieben habe, stimmte nicht. Otto von Kursell war aus München zu einem Heimatbesuch in Reval, als der erste Weltkrieg ausbrach. Als russischer Staatsangehöriger und Reserveoffizier wurde er sogleich einberufen, während seine Frau in München zurückblieb. Er ist nicht an der Kaukasusfront gewesen und seine Verbindung zu den Kaukasiern muss er später in Deutschland geknüpft haben. Seine abenteuerliche Flucht gleich nach Abdankung des Zaren geschah über Archangelsk.

Anmerkung 12

Von Kursell ist bereits 1925 aus der Partei ausgetreten, weil er mit der Richtung, die die Partei eingeschlagen hat, nicht einverstanden war. Durch persönliche Bitte Hitlers ist er 1932 wieder eingetreten.

Anmerkung 13

Es handelte sich um den Grafen Mirbach.

Anmerkung 11

Das ist ungenau, Harald von Rautenfeld wurde der Generalsekretär der vereinten Baltischen Verbände, also des Baltenverbandes, dessen Vorsitzender Eduard Baron Dellingshausen war, des Baltischen Roten Kreuzes unter Leitung von Bruder Viktor von Rautenfeld und des Verbandes studierender Balten.

Anmerkung 15

Georg von Manteuffel-Zoege a. d. Hause Kapseder in Kurland. Seine Mutter war keine geb. Gräfin Pappenheim, wohl aber mit den Pappenheims nahe versippt. So war er später längere Zeit Abgeordneter des Bundestages der CSU aus dem Stimmbezirk Pappenheim.

Amerkung 16

Hierin hat mich das Gedächtnis im Stich gelassen. In dem Brief war nicht die Weisung enthalten, das ganze vorliegende Brüderschaftsmaterial zu vernichten, sondern es umgehend von Kursell zuzuschicken. Ich entschloss mich jedoch, alles bei mir liegende Material zu vernichten.   !

TEIL 3
VON DER BALTISCHEN BRÜDERSCHAFT
ZUM BRÜDERLICHEN KREIS

Diese Frage, die Bruder Bielenstein nach der Auflösung oder –
sagen wir besser – nach dem Verbot der Baltischen Brüderschaft
stellte, war auch meine Frage, die mich quälte. Dass es weitergehen müsste, war mir klar. Die Brüderlichkeit konnte nicht einfach
durch dieses Verbot aus der Welt geschafft werden. Sie lebte natürlich ungeschmälert weiter, aber gleichsam wie eine Seele ohne
Leib. Ja – ich war mir bewusst, dass selbst mein Beruf als Pfarrer
darunter leiden musste, denn diese brüderliche Verbundenheit
hatte mir auch hierin einen ständigen Auftrieb in der Verkündigung des Evangeliums gegeben.

Als ich allmählich leise und vorsichtig meine Fühler nach Misdroy ausstreckte, konnte ich feststellen, dass auch dort eine volle
Verwirrung herrschte, ja – dass eine Zeitlang sogar der Verkehr
unter den Brüdern eingeschränkt wurde. Natürlich entfielen die
Prüfungen, aber wie sollte dort, wo man sich täglich begegnet, ein
brüderlicher Verkehr vermieden werden? Von Kursell selbst hüllte sich in Schweigen und zog sich tatsächlich zurück. Was damals
in Berlin vorgefallen war, wussten auch die Brüder in Misdroy
nicht zu sagen und hüteten sich, bei dem Führenden Bruder danach zu fragen; gleichzeitig erkannten sie aber, dass ein Rückzug
in den Untergrund eine Unmöglichkeit sei.

Der Führende Bruder selbst hüllte sich in Schweigen und hatte
sich tatsächlich von jedem brüderlichen Verkehr zurückgezogen.
Nach vielen Jahren sah ich ihn zum ersten Mal in Misdroy wieder, und zwar war er der Einladung von Bruder Gert von Dolgow
zu dessen Silberhochzeit gefolgt. Diese Begegnung mit unserem
hochverehrten Führenden Bruder, den wir natürlich trotz der er-
zwungenen Auflösung der Brüderschaft immer noch als solchen
voll anerkannten und verehrten, trug für uns alle irgendwie den
Eindruck, als sei seine Persönlichkeit durch ein Geheimnis, ein
tragisches Geheimnis, das auf ihm lastete, über das er auch den
Brüdern gegenüber nicht sprechen durfte, irgendwie verschleiert

worden. Diese so klare aufrichtige Persönlichkeit war uns durch dieses Geheimnis gegen seinen Willen ferngerückt. Den Brüdern gegenüber gab er bekannt, dass er die Einladung von Bruder von Dolgow nur hatte annehmen können, nachdem ihm dieser zugesagt hätte, dass er über die Umstände, die zur Auflösung der Brüderschaft geführt hätten, mit niemanden sprechen könnte. Diese Zusage wurde auch von allen Brüdern eingehalten, aber gerade dadurch lastete auf unseren Gesprächen mit ihm eben dieses auf ihm und auf den Brüdern liegende Geheimnis.

WAS FÜR EIN GEHEIMNIS LAG HINTER DER AUFLÖSUNG DER BALTISCHEN BRÜDERSCHAFT?

Die volle Wahrheit sollte ich erst viel später erfahren und zwar erst als Bruder Otto von Kursell zwei Jahre vor seinem Tode einen Monat bei uns in Pfronten verbrachte. Auch da schien es ihm schwer zu fallen, darüber zu sprechen. Denn die Rolle, die er gezwungenermaßen jahrelang vor den Brüdern und der Umwelt hatte spielen müssen, empfand er im tiefsten als unwürdig. Er war aber dazu gezwungen worden, weil sonst alle Brüder mit ihm in die Sache hineingezogen worden wären, denn seine Feinde, vor allem Alfred Rosenberg sowie Himmler, Goebbels u.s.w. hatten es eigentlich auf eine Vernichtung der Baltischen Brüder im KZ abgesehen, weil sie sich durch die Weigerung von Kursells, die Baltische Brüderschaft den NS-Plänen gleichzuschalten, behindert sahen.

Von Kursell wurde zu einem Verhör durch Heydrich, den Leiter des SD, geladen. Der war die rechte Hand Himmlers und – wie von Kursell sagte – ein absoluter Schweinehund. Durch fingierte Briefe von Brüdern, deren Namen nicht genannt wurden, wurde die Baltische Brüderschaft als eine den Nationalsozialismus bekämpfende Organisation abgestempelt. Von Kursell berief sich auf das absolute Führerprinzip, das in der Baltischen Brüderschaft herrsche, wodurch er als Führender Bruder die Verantwortung für alles trage, was in der Brüderschaft geschehen sei. Dies wurde ihm von Heydrich nur teilweise abgenommen, aber immerhin beschränkten sich die Anklagen, die vorgebracht wurden, auf seine Person als Führender Bruder der Baltischen Brüderschaft.

Da geschah es, dass alle Unterlagen, die zu einem Ausschlusurteil eines Parteigerichts in Berlin geführt hatten, vom obersten Parteirichter Buch nach München eingefordert wurden, der ihn persönlich von allen Anklagepunkten freisprach und parteimäßig voll rehabilitierte. Aber sogleich zitierte ihn Hitler zu einer persönlichen Aussprache, bei der Hitler ihn wie immer unter vier Augen herzlich empfing, ihm aber unzweideutig mitteilte, dass ein eventueller Austritt aus der Partei als parteifeindliche Handlung ausgelegt würde. Er könnte es verstehen, dass nach diesen Erfahrungen, die er an der Partei gemacht habe, er einen Austritt in Erwägung ziehe. Aber ein Austritt hätte unweigerlich einen neuen Prozess zur Folge, der gegen alle Mitglieder der Baltischen Brüderschaft geführt würde, um die Brüderschaft als solche als parteifeindliche Organisation zu überführen. Hitler machte den Vorschlag, dass er den offiziellen Austritt aus der Partei nicht vollzöge, aber dass er, Hitler, dafür sorgen würde, dass von Kursell selbst von allen Verpflichtungen der Partei gegenüber entbunden würde, die von Himmler verkündigte Auflösung der Brüderschaft aber zu Recht bestünde.

Dieser Vorschlag setzte Kursell vor die Alternative, entweder dort auszutreten und damit nicht nur sich selbst, sondern alle Brüder gleichsam dem KZ zu überliefern, oder auf den Vorschlag Hitlers einzugehen und über alles Geschehene zu schweigen.

Nach längerem Bedenken entschloss er sich doch in seiner Verantwortung für die Brüder auf das Angebot Hitlers einzugehen, wissend, dass er dadurch in eine ganz schiefe Stellung den Brüdern gegenüber geraten müsste. Er wusste, dass seine Feinde, vor allem Rosenberg, Bormann, Himmler und Goebbels alle seine Schritte weiter überwachen würden, weswegen er jeden Verkehr mit den Brüdern unterbrechen musste und gleichsam in sein privates Künstlerleben untertauchte.

Dies war der Schleier, der ihn, als er zum ersten Mal im Hause von Bruder von Dolgow mit Brüdern zusammentraf, umgab. Natürlich war für die Mehrzahl der Brüder mit der Auflösung der Baltischen Brüderschaft die Brüderlichkeit nicht aufgehoben; aber sie fand keinen Leib, in dem sie sich verkörpern konnte.

Es konnte auch nur einen Führenden Bruder geben, da Otto von Kursell in seiner alle überragenden Persönlichkeit gleichsam die Verkörperung der Brüderlichkeit schlechthin war. Dass sich dieses klare Bild durch die ihm nach der Auflösung der Brüderschaft aufgedrängte Verschleierung des Geschehens trüben musste, dies lag als große Tragik über seinem späteren Leben. Aber diese Verschleierung war keineswegs etwas, das ihn in unseren Augen etwa herabgesetzt hätte. Freilich weiß ich, dass Bruder Georg von Manteuffel eine sehr ernstliche Auseinandersetzung mit ihm gehabt hat, in der er von Kursell Kapitulation vorgeworfen hat, obwohl er als Kapitelbruder der Auflösung der Brüderschaft anfangs zugestimmt hatte. Ich habe viel später mit von Manteuffel über diese Auseinandersetzung gesprochen. Er stand auf dem Standpunkt, dass die Brüderschaft ein kämpferischer Orden gewesen sei und darum auch auf verlorenem Posten ungeachtet auf die Folgen bis zum letzten Mann hätte kämpfen müssen. Hier lag mir gewissermaßen eine Parallele zu der Situation vor, in der der Ritterschaftshauptmann Baron Dellingshausen in Verantwortung für die Heimat Ende 1917, Anfang 1918 gestanden hat, als die deutsche Heeresleitung als Vorbedingung einer deutschen Besetzung des Baltikums an ihn die Forderung gestellt hat, dass ein Beschluss der Estländischen Ritterschaft einer Loslösung der baltischen Provinzen von Sowjetrussland erfolgen müsse und dieser in Schweden dem russischen Botschafter offiziell mitgeteilt werden müsse. Dass unmittelbar darauf eine radikale Reaktion von bolschewistischer Seite erfolgen würde, war ihm klar, nämlich die Vogelfrei-Erklärung aller Glieder des Adels und ihrer „Gesinnungsgenossen".

Er konnte sich nur mit einigen Ausschussgliedern besprechen, da die Einberufung eines Landtages damals eine Unmöglichkeit war. Er tat es in Vollmacht, die dem Ritterschaftshauptmann allein in besonderer Kriegslage zukam. Damals tat er es, weil er darin allein die Rettung der Heimat vor dem Bolschewismus sah.

Von Kursell befand sich in einer ähnlichen Lage, nur ging es damals nicht unmittelbar um die Heimat. Wohl aber um die wertvollsten Söhne der Heimat im Reich und ihrer Familien.

Ich erzählte von Kursell 1966 über ein Gespräch, das ich viel später mit Georg von Manteuffel geführt hatte, in dem von Manteuffel von Kursell eine glatte Kapitulation vor Himmler vorgeworfen hatte. „Ja!", sagte von Kursell, „es war eine Kapitulation, die ich direkt auf mich nehmen musste". Einen Sieg konnte er dem abgrundtiefen Hass Himmlers gegenüber nicht erringen. Dieser Hass galt aber vor allem der Brüderschaft als einer Organisation, die Himmler nicht beherrschte, da er auch ihrem Geistesgehalt restlos feindlich gegenüberstand. Ebenso wie der politischen Einstellung gegenüber. Es war nicht die Persönlichkeit von Kursells. die er vernichten wollte. Von Kursell sagte, dass er sowohl von Manteuffel als auch Harald von Rautenfeld und Fritz Worms über die Situation, in der er stand, vor dem Absenden seines Rundbriefes in dem er die Auflösung der Brüderschaft mitteilte, in Kenntnis gesetzt habe. Auch von Manteuffel sah damals eine Auflösung der Brüderschaft für unvermeidlich an. Dass er von Kursell dann die Kapitulation vorgeworfen habe, an der er eigentlich gleichfalls beteiligt war, sei ihm unverständlich gewesen.

Als Hauptdrahtzieher hat von Kursell Alfred Rosenberg angesehen, den er als einen gesinnungslosen Schuft erlebt habe. Rosenberg war eine Chamäleonnatur, der seinen Mantel ganz nach dem herrschenden Winde ausrichtete.

Nun muss ich noch einiges über die Bedeutung von Kursells als Künstler sagen, da auch sein ganzes Wesen und seine überragende Persönlichkeit mit seinem Kunstsinn unlöslich verbunden war. Wohl hat er auch sehr schöne Landschaften gemalt, aber sein ganz großes Können lag im Portrait. Leider habe ich nur zwei seiner hervorragenden Portraitgemälde gesehen, da sie naturgemäß in Privatbesitz übergegangen sind. Er hat manche hervorragende Persönlichkeiten – wie etwa Hindenburg oder Herzog Adolf Friedrich von Mecklenburg – gemalt, aber auch viele schlichte Persönlichkeiten aus seiner Heimat und im Reich, aber nur solche, mit denen er irgendwie Kontaktverbundenheit besaß. So hat er keine NS-Größe gemalt, was ihm den Ärger Görings einbrachte, der dringend von ihm gemalt werden wollte.

Mit das schönste Bild war ein Bild Martin Luthers im vorgeschrittenen Alter, das er auf Bestellung des Kirchenministers Kerrl für das NS-Kirchenministerium gemalt hat. Da er sowohl den Kirchenminister Kerrl als auch sein ganzes Ministerium ablehnte, hat er dieses Lutherbild gleichzeitig auf zwei Staffeleien in zwei Ausfertigungen gemalt. Die eine lieferte er dem Auftraggeber, nämlich dem Kirchenministerium ab, die andere schenkte er Bruder Bielenstein. An diesem Lutherbild konnte man nicht vorübergehen, weil es einen einfach anzog. Luther in vollem Mannesalter strahlte eine ganz unfanatische Glaubensbestimmtheit aus, aber in seinen Augen lag ein erschrecktes Stutzen. Ich musste dabei immer an den Propheten Jesaja denken, der auf der Tempelschwelle stehend die Erscheinung Gottes geschaut hat – erschreckend vor dieser Offenbarung, die ihm Unwürdigen geschehen war und der doch auf den Anruf Gottes nur antworten konnte: „Hier bin ich, sende mich." – Dieser erschreckt vor der Offenbarung stutzende Ausdruck der Augen Luthers zusammen mit der ruhigen Glaubensbestimmtheit ist für mich eine unwahrscheinlich treffende Deutung des Wesens Luthers. Der Hintergrund war leuchtend purpurn.

Außer seinem hervorragenden Selbstbildnis, in dem das ganze Wesen der Persönlichkeit von Kursells richtig zum Ausdruck kam, habe ich nur ein anderes Portrait, das von Kursell gemalt hat, gesehen. Es stand noch auf einer Staffelei in seinem Atelier, war aber schon ablieferungsbereit. Es war ein Portrait des Bischofs von Passau. Dies Bildnis stellte einen ausgesprochenen katholischen Prälaten dar, der aber durch diese gewisse Unnahbarkeit einen so gütigen verborgenen Humor aufwies, der einem diesen liebenswerten Menschen menschlich ganz nahe brachte. Mir schien auch dieses Portrait ein Meisterstück der Menschendeutung von Kursells zu sein. Der Hintergrund dieses Gemäldes war aber ein helles leuchtendes Grün. 1966 sprach ich mit von Kursell über die Hintergründe seiner Portraits. Ich wies darauf hin, dass der schwarze Hintergrund der Portraits von Dürer, etwa von Hieronymus Holzstecher oder Hans Imhof als Ewigkeit gedeutet wird, vor dem Dürer das irdische Sein dieser Persönlichkeiten geschaut habe. Dazu meinte von Kursell, dass seine Hintergründe, die er zu seinen Portraits wählte, mit der Farbe, die diese Persönlichkeit für ihn ausstrahlte, zusammenhing. Dann dachte er nach und meinte dann, dass doch eine Wahrheit in der Deutung der Hintergrundfarbe als Gottes Ewigkeit richtig sei. Er hätte nie freudig eine Persönlichkeit portraitieren können, wenn er nicht erkannt hätte, dass hinter der Persönlichkeit ein fester Glaube an Gottes Ewigkeit, die hinter dem zeitlichen Leben stünde, die Grundlage dieser Persönlichkeit bilde. Nur könne er nicht, wie Dürer es getan habe, diese Ewigkeit von dem Wesen der Persönlichkeit abstrahiert erfassen. So hätte auch der Hintergrund seiner Portraits die Farbe der Ausstrahlung seiner Persönlichkeit angenommen, die der Ewigkeitsglaube der Persönlichkeit in diese Welt ausstrahlt.

In dem Zusammenhang schilderte er mir die größten Nöte, die er als Künstler im KZ Buchenwald durchmachen musste. (Bleistiftnotiz im Manuskript: Hier fehlt der Hinweis, wann und von wem er ins KZ gesperrt wurde). Als die Wachleute erfuhren, dass er Maler sei, ließen sie ihm keine Ruhe, sie wollten alle von ihm portraitiert werden. „Es half nichts, ich musste sie portraitieren", sagte er. Freilich hätte er die scheußlichsten und schmutzige Hintergründe gewählt und sie in all ihrer Brutalität und Gemeinheit gemalt. Sie seien begeistert gewesen, er selbst habe sich nicht nur gedemütigt, sondern als Künstler direkt prostituiert gefühlt.

Allen, die die russische Sprache beherrschten, stand als einzige Zeitung die PRAWDA unentgeltlich zur Verfügung. Wie staunte von Kursell, als er in der PRAWDA einen sehr eingehenden Artikel über die Baltische Brüderschaft las. In diesem Artikel war von der ernsten Bedrohung des Einflusses der Sowjet-Union durch die Baltische Brüderschaft die Rede. Sie bestünde nicht nur in dem abgrundtiefen Hass gegen den Kommunismus, sondern in der grundsätzlichen Methode, diesem Einfluss durch die Auslandsdeutschen-Politik zu begegnen.

Die auslandsdeutschen Gruppen, die nicht nur im Baltikum, sondern allenthalben im Osten und Südosten Europas bestünden, würden wohl in der Bestärkung ihres Deutschtums gefördert, aber diese deutschen Volksgemeinschaften werden in ihrem Verhältnis zum herrschenden Volkstum in diesen Staaten angewiesen, keinen Versuch der Herrschaftsbestrebungen zu unternehmen, sondern im Gegenteil sich möglichst in Zusammenarbeit mit den Regierenden dieser Staaten zu befleißigen. Keine Germanisierungsversuche sollten unternommen werden, sondern durch den Einfluss der deutschen Ostgruppen sollte eine starke Bindung der

Oststaaten an die antikommunistische Kultur der westlichen Welt herbeigeführt werden. Diesen Richtlinien diene auch die seit 1929 öffentlich erscheinenden Deutsche Ostzeitung, die unter den Auslanddeutschen ihre hauptsächliche Leserschaft gefunden hätte.

Diese für die Ausbreitung des Bolschewismus gefährliche Organisation trat natürlich in Gegensatz zu den Machtbestrebungen der Nationalsozialisten und es sei direkt Himmler zu danken, dass er die Baltische Brüderschaft aufgelöst habe. Freilich sei wohl anzunehmen, dass eine Untergrundorganisation weiterbestanden hätte, die einen Sturz der NS-Führung bestrebte. Ja – der 20. Juli 1944 sei wohl auch mit dieser Bewegung in Verbindung zu bringen. Diesen Bestrebungen hätte Stalin in seiner „Weisheit" durch den Deutschland-Vertrag mit Hitler 1939 das Baltikum betreffend einen Riegel vorgeschoben, indem er Hitler dazu genötigt habe, auf jede Ambition auf diese Gebiete zu verzichten, wodurch es gelungen sei, die baltischen Republiken sofort in die SU zurückzuführen.

Zu diesem Artikel meinte von Kursell, dass leider der Einfluss der Baltischen Brüderschaft auf das Geschehen im Baltikum überbewertet seien, dasselbe gelte auch für das sogenannte Büro-Kursell, in dem nur Brüder mitarbeiten, betreffend die auslandsdeutsche Politik. Immerhin sei es erstaunlich, wie treffend dieser PRAWDA-Artikel die Bestrebung der Brüderschaft geschildert habe. Das übrige sei natürlich Phantasie gewesen. Dass die Sowjets vieles aber nicht alles wussten, sei ihm zugutegekommen, denn obwohl sein Name als Führender Bruder voll genannt war, haben sie anscheinend nicht gewusst, dass sie in dem harmlosen Künstler von Kursell den Führenden Bruder der Brüderschaft hatten, den sie in ihrem KZ-Buchenwald interniert hatten, denn sonst wäre er gewiss auf Nimmerwiedersehen in der SU verschwunden.

DIE STELLUNGNAHME VON BRUDER VON KURSELL
ZU EINER WIEDERBELEBUNG DER BALTISCHEN BRÜDER-
SCHAFT UND SPÄTER ZUM BRÜDERLICHEN KREIS

Gleich nach der Entlassung von Kursells aus dem KZ Buchenwald traten viele Brüder – u.a. auch Harald von Rautenfeld und Fritz Worms – an ihn mit der Frage heran, ob er nicht in irgendeiner Form eine Wiederbelebung der Baltischen Brüderschaft ermöglichen könnte. Es ist bezeichnend, dass sie alle weiter in ihm den berufenen Führenden Bruder sahen. Es ist schon wahr, wenn Claus Grimm in seiner Geschichte der Baltischen Brüderschaft feststellt, dass 90% der Leistungen der Brüderschaft durch Harald von Rautenfeld vollbracht worden sind. Aber der wirkliche Exponent der Brüderschaft war Otto von Kursell. Dies ist von allen wirklichen Brüdern unumschränkt anerkannt worden.

Zur Klärung dieser Frage lud Bruder von Kursell alle erreichbaren Brüder aus Bayern 1952 zu sich ein. Als ich von Kursell bei der Gelegenheit wiedersah, war ich tief erschüttert über sein Aussehen. Ich fragte mich, ob es nur das KZ gewesen sei, das diese ins Strenge verwandelten Züge so verändert habe oder noch etwas anderes auf ihm lastete.

In seiner Ansprache wies er darauf hin, dass das Ziel des X und der Baltischen Brüderschaft ja nicht in der Brüderlichkeit an sich bestanden hätte, sondern es um die Heimat ging, diese vor dem verheerenden Zugriff durch den Bolschewismus zu retten. Da jetzt diese unsere Heimat unrettbar an den Bolschewismus verlorengegangen sei, sehe er sich nicht in der Lage, der Baltischen Brüderschaft eine neue Aufgabe zuzuweisen, die ein Fortbestehen derselben rechtfertige. Die Brüderlichkeit, die vielen von uns als großes Geschenk zuteil geworden ist, sei die Folge des aufopfernden und unermüdlichen Dienstes, die diese Brüder in wunderbarer Gemeinschaft zusammenschweißte, aber durchaus nicht jeder Bruder verdiene diesen Namen. Eine Herabwürdigung der Baltischen Brüderschaft zu einem nur auf die Vergangenheit schauenden Veteranenkreis lehne er ab. Er sagte dann, er will nicht von einem Versagen der Baltischen Brüderschaft oder der heimatlichen Völker der Esten oder Letten sprechen, sondern die Schuld am Scheitern treffe einzig und allein die NSDAP und Hitlers und Himmlers unersättlicher Machtdurst. Freilich könne er auch die Brüderschaft infolge Mitverschuldens einzelner Brüder nicht freisprechen.

Als Bruder von Kursell 1966 einen Monat bei mir verbrachte, erzählte er mir ohne Namensnennung von dem Verhalten einzelner Brüder, die ihm in der schweren Zeit nicht nur den Rücken gekehrt, sondern ihm direkt in den Rücken gefallen seien. Die ständige weitere Bespitzelung durch die Gestapo bis zum Schluss habe auf seinem weiteren Leben gelastet.

Zu meiner Frage, was ihn veranlasst habe, bei der Gründung des Brüderlichen Kreises sich diesem nicht anzuschließen, erzählte mir von Kursell, dass sowohl Harald von Rautenfeld als auch Fritz Worms vor der Gründung des Brüderlichen Kreises seine Stellung zu dieser Gründung wissen wollten. Dabei hätte er in seiner Antwort die Gründung nicht abgelehnt, aber eine Beteiligung nicht in Aussicht gestellt. Anscheinend hatte Harald von Rautenfeld eindeutig in ihm den Leitenden Bruder sehen wollen. Dann, als nach der Gründung ihm die Verfassung des Brüderlichen Kreises zugegangen war, hätte er das Bewusstsein gehabt, dass in der starken Anlehnung dieser Verfassung an die Verfassung der Baltischen Brüderschaft gleichzeitig eine Fortsetzung derselben in einem neuen Rahmen erfolgen sollte, was er grundsätzlich abgelehnt hätte. Ferner hätte er in der allein auf den Glauben an Jesus Christus begründeten Gemeinschaft keine Betätigungsmöglichkeit gesehen, außer in der Mitarbeit in der Bayrischen Landeskirche, in der er damals (die nämlich unter der straffen und gläubigen Leitung von Bischof Meiser stand) sich kirchlich identifizierte. Darin sah er eine Gefahr des Brüderlichen Kreises, dass hier eine Gegenkirche erstrebt würde.

Ja – er sah auch eine Gefahr für den Brüderlichen Kreis, dass, wenn schon so bedeutende Kapitelbrüder wie Harald von Rautenfeld und Fritz Worms sich beteiligten, auch er als Führender Bruder sich angeschlossen hätte, allein durch die Gefolgschaftsverpflichtung Baltische Brüder sich genötigt fühlen würden, der neuen Gemeinschaft beizutreten, die gerade die Grundbedingung, nämlich den Glauben an Jesus Christus, nicht ernst genommen hätten.

Da ich selbst nicht zu den Begründern des Brüderlichen Kreises gehört habe, wohl aber mich sofort nach seiner Gründung dem Brüderlichen Kreis mit großer Freude angeschlossen habe, beruht alles, was ich hierüber schreibe, auf Mutmaßungen, die sich auf meiner damals sehr regen Korrespondenz mit Harald von Rautenfeld und später auf Andeutungen von Otto von Kursell gründen.

Nach der Auflösung der Baltischen Brüderschaft hatte ich nur durch meinen intensiven Verkehr in Misdroy und vor allem mit Gert von Dolgow Fühlung mit Baltischen Brüdern gehabt. Harald von Rautenfeld war völlig meinem Gesichtskreis entschwunden. Aus Gesprächen, die ich 1966 mit von Kursell geführt habe, glaube ich entnehmen zu können, dass gleich nach seiner Entlassung aus dem KZ Buchenwald sowohl Harald von Rautenfeld als auch Fritz Worms an ihn herangetreten seien mit dem Vorschlag, die Brüderschaft auf ganz neuer Grundlage und zwar nicht mehr als Baltische Brüderschaft wieder aufleben zu lassen. Dies war wohl auch der Grund, warum von Kursell alle in Bayern ansässigen früheren Baltischen Brüder 1952 zu einer Aussprache bei sich versammelt hat. Die Begründung, die er anführte, war, dass er die Möglichkeiten eines tätigen Einsatzes der Brüderschaft in einem neuen Rahmen nicht sehen könne.

Ich konnte mich dieser Begründung von Kursells nicht verschließen, obwohl es auch mir schwer war, auf die brüderliche Gemeinschaft zu verzichten. Sehr bald nach der Versammlung bei von Kursell erhielt ich einen Brief von Harald von Rautenfeld, aus dem ich entnehmen konnte, dass eine neue brüderliche Gemeinschaft auf neuer Grundlage in Vorbereitung sei. Sehr bald darauf traf die ausgearbeitete Verfassung des Brüderlichen Kreises ein, die genau dem entsprach, was ich mir als Verfassung der brüderlichen neuen Gemeinschaft gewünscht hatte. Wer war nur der Kreis der Brüder, der die Gründung des Brüderlichen Kreises beschlossen hat? Außer Bruder von Rautenfeld und Bruder Worms wahrscheinlich Bruder

Gert von Dolgow, und vielleicht auch Bruder Schönfeld. Als Bruder nichtbaltischen Ursprungs nehme ich an, dass Pascual Jordan bei der Gründung mit herangezogen worden ist.

Ich schließe es aus einem Hinweis, den er getan hat, als ich mich sehr eingehend bei dem Krach, der zu seinem Ausschluss geführt hat, einbrachte. Ich warf ihm vor, dass er, der so gerne auf die Einhaltung der Verfassung gewacht habe, in eigener Angelegenheit das einzige Geheimnis der Verfassung – nämlich das der Designierung des Nachfolgers des Leitenden Bruders preisgegeben habe. Da antwortete er mir, dass der Leitende Bruder die Verfassung, an der auch er (nämlich Jordan) mitgearbeitet habe, gebrochen habe, denn es stünde nichts in der Verfassung, dass der Leitende Bruder oder überhaupt jemand das Recht hätte, die einmal vom Leitenden Bruder getroffene Anordnung der Nachfolge zu widerrufen.

Darin hatte er Recht, da in die Verfassung vor ihrer Revision, die erst bei dem nächsten Konvent erfolgte, der Satz „Er kann die Bestimmung des Nachfolgers abändern" noch nicht eingefügt war. Aber es ist ja eigentlich selbstverständlich, dass der Leitende Bruder, wenn er es für dringend notwendig ansieht, auch hierin eine Änderung vornehmen kann. Dies als Verfassungsbruch anzusehen, ist eine Unmöglichkeit. Dass Harald von Rautenfeld schon längst mit Jordan als Leiter des Kapitels nicht einverstanden war, wusste ich schon lange und meine von Harald von Rautenfeld erbetenen Kritiken der Konvente waren stets auch ein ständiger Angriff gegen die Berichte Jordans als Leiter des Kapitels.

Damals – nämlich bei der Gründung – hatte Harald von Rautenfeld bei der Ernennung seines Nachfolgers nur eine sehr geringe Auswahl, da er ja anscheinend bewusst einen Bruder nichtbaltischer Abstammung zu seinem Nachfolger designieren wollte, um den Brüderlichen Kreis aus der Atmosphäre einer rein baltischen Angelegenheit herauszubringen. Dass er im Falle Jordan offensichtlich einen Fehlgriff getan hat, konnte er damals nicht ermessen, zumal Pascual Jordan selbst eine unvorhersehbare Entwicklung durchgemacht hatte.

Was war wohl das Motiv zur Gründung des Brüderlichen Kreises?

Als Antrieb ist gewiss auch das Verlangen nach einer gleichsam leiblichen Inkarnation der in X und der Baltischen Bruderschaft erfahrenen Brüderlichkeit anzusehen. Das wirkliche Motiv jedoch liegt auf anderer Ebene. Wie nach den Erschütterungen des Ersten Weltkrieges bereits die Suche nach Erneuerung allenthalben zu spüren war, was auch die Grundlage bereits des X und später der Baltischen Brüderschaft bildete, so war nach dem Zweiten Weltkrieg im Zeitpunkte 0, in dem alles nur ein Scherbenhaufen war, verständlicherweise die Erneuerungssehnsucht zuerst nur auf die eigene Existenzstabilisierung des Lebens gerichtet. Hinzu kamen dann die weitgehend verfehlten politischen Umschulungsversuche der Amerikaner zu einer alleinsegensreichen Demokratie, die nicht nur weitgehend auf inneren Widerstand stießen, sondern die seelischen Belange des Volkes in der Not außer Acht ließen.

Demgegenüber sollte der Brüderliche Kreis unserer gottesfernen Menschheit im unreflektierten Glauben an Jesus Christus entgegentreten. Die Betonung der Verfassung liegt auf der Stellungnahme einer ungöttlichen säkularisierten Umwelt. Die Brüderlichkeit des Brüderlichen Kreises hängt von der Einsatzbereitschaft ab. So wie das Evangelium Christi gänzlich unpolitisch ist, ist auch der Brüderliche Kreis bis zum heutigen Tage bewusst unpolitisch geblieben. Mag auch die politische Orientierung der in der Leitung stehenden Brüder verschieden gewesen sein, auf den Brüderlichen Kreis hat es sich nicht ausgewirkt.

Da ich leider den ersten Konvent des Brüderlichen Kreises wegen seiner Festsetzung auf die Pfingsttage aus beruflichen Gründen nicht habe mitmachen können, war ich sehr gespannt auf den zweiten Konvent in Königswinter. Ich war dort sehr früh eingetroffen. Ich traf dort zu meinem Erstaunen noch keinen Bruder des Brüderlichen Kreises, sondern den Baltischen Bruder Georg von Manteuffel an, der sich dort nach einer CSU-Sitzung, da er CSU-Bundestagsabgeordneter war, aufhielt. Aus alter brüderlicher Verbundenheit setzten wir uns zu einem längeren Gespräch zusammen, wobei er mir genau mitteilte, warum er sich dem Brüderlichen Kreis nicht habe anschließen können. Ich gab ihm vollständig recht, da ein 100%iger Parteipolitiker nicht den Voraussetzungen unseres Brüderlichen Kreises entspricht.

Wenn nach 1945 der Wiederaufbau hauptsächlich auf die existenzsichernde materielle Umgestaltung gerichtet gewesen ist, und diese einseitige Entwicklung zum Wohlstanddenken führte, so stellten die Gründer des Brüderlichen Kreises eine Grunderneuerung des gesamten menschlichen Seins entgegen. Diese Erneuerung des ganzen Menschen konnte ja nur auf einer bewussten Glaubensentscheidung erfolgen. So stand auch als erster Satz der Verfassung der Glaube an Jesus Christus als Vorbedingung der Zugehörigkeit zum Brüderlichen Kreis fest. Mit diesem Glauben, ohne verstandesmäßige theologische Reflexionen, hatte sich jeder Bruder selbständig auseinanderzusetzen, ehe er in unseren Kreis aufgenommen werden konnte. Dieses Bekenntnis war das Apriori der Zugehörigkeit zum Brüderlichen Kreis, der eine kämpferische Haltung einer ungläubigen Welt gegenüber einnehmen sollte. Hierin liegt sowohl eine Abgrenzung einer pietistischen Haltung gegenüber, die sich aus der Umwelt zurückzieht, als auch einem unumschränkten Pluralismus gegenüber, der kritiklos alle Strömungen und Ideologien der Zeit gelten lässt.

Durch die Voranstellung des Glaubens an Jesus Christus musste sich jeder, der sich zu dem Brüderlichen Kreis bekennt, ernstlich damit auseinandergesetzt haben. Dadurch erhielt auch der Brüderliche Kreis durch seine Kampfbereitschaft den Charakter einer ordensähnlichen Gemeinschaft, die im Angriff gegenüber gottesleugnerischen Lehren oder Verhaltensweisen steht. Wenn zuerst allen baltischen Brüdern, die sich voll zu dem neuen Glaubensgrundsatz des Brüderlichen Kreises bekannten, die Zugehörigkeit zum Brüderlichen Kreise freistand, so nur um einen Kern zu schaffen, der in die nichtbaltische Umgebung hineinwirken sollte und die engbaltische Gebundenheit abstreifen und sich von ihr lösen sollte.

Gewiss ist die Skepsis, die Harald von Rautenfeld der Ausstrahlungskraft der verfassten Kirche gegenüber empfand, nicht zu leugnen, aber andererseits war es keineswegs die Aufgabe unseres Brüderlichen Kreises etwa eine Gegenkirche oder Sekte den bestehenden Kirchen gegenüberzustellen, sondern möglichst mit anderen Mitteln mit ihnen zusammenzuarbeiten. Dies sollte in Selbstverantwortung jedes einzelnen Bruders auf seine Weise, seinen gegebenen Möglichkeiten entsprechend geschehen. Diese Möglichkeiten sind aber in den Dienst des Glaubenszeugnisses zu stellen. Hierin liegt bei aller Aufgeschlossenheit der Umwelt gegenüber auch eine Begrenzung gegenüber einem uns etwa interessant erscheinenden bejahenden Pluralismus. Hier gilt das Paulus-Wort: ALLES IST EUER, IHR ABER SEID CHRISTI, CHRISTUS ABER IST GOTTES.

Wohl werden wir als Brüder des Brüderlichen Kreises täglich mit unserer Umwelt konfrontiert, das heißt aber nicht, dass wir alles, was diese Umwelt täglich an uns heranträgt, als gut akzeptieren dürfen. Wohl darf es für uns kein unberührbares Tabu geben, wohl aber gibt es „Gut" und „Böse", also Anzunehmendes und Abzulehnendes und das wird allein durch den Glauben an Jesus Christus bestimmt. Es ist für unsere Verfassung bezeichnend, dass der Glaube an Jesus Christus nicht theologisch begründet wird. Dadurch wird auch die Verfestigung des Glaubens der Brüder nicht in der Behandlung theologischer Schriften und Fragen gesucht, sondern ausschließlich in Gottes Wort und vor allen Dingen im Neuen Testament gesehen. So ist auch unseren Andachten vor jeder Prüfung und in den Abendandachten stets ein Schriftwort zugrunde zu legen, während die Konventsgottesdienste sowie die Abendmahlsfeier stets von einem Bruder gehalten werden, der in einem kirchlichen geistlichen Amt steht.

Gewiss ist unsere Gemeinschaft als solche vollkommen unpolitisch und Parteipolitik hat keinen Raum, so dass wir Brüder verschiedenster parteipolitischer Richtungen bei uns vereinigen können; ob sich aber letzteres restlos aus dem brüderlichen Verhältnis bannen lässt, ist mir noch etwas fraglich. So weiß ich, dass manche konservativ eingestellte Brüder es Bruder Harald von Rautenfeld übelgenommen haben, dass er, wie er offen mitteilte – zum Schluss wohl nicht mehr als Leitender Bruder –, sozialdemokratisch gestimmt habe. Freilich hat diese Mitteilung in meinem Verhältnis zu Harald von Rautenfeld nichts verändern können, da ich mit ihm viel zu tief im Glauben verbunden war, dass mich dies, der ich eine ausgesprochen konservative Natur bin, irgendwie gestört hätte. Freilich habe ich ihm mehrfach in Briefen vielleicht zu Unrecht Revisionismus vorgeworfen. Es lag darin, dass Harald von Rautenfeld immer nach neuen Ausstrahlungsmöglichkeiten unseres Brüderlichen Kreises gesucht hat.

Es war der große Griff, der sowohl Harald von Rautenfeld als auch Fritz Worms veranlasst hat, unseren Brüderlichen Kreis allein auf den Glauben an Jesus Christus zu begründen. Freilich hat er wohl anfangs auf eine stärkere Zunahme des Kreises unter den nichtbaltischen Brüdern gehofft, wenn er auch immer wieder betonte, dass es nicht auf die Zahl ankäme und er auf die Ausstrahlungskraft der kleinen Zahl ausgesprochener Persönlichkeiten setze; so suchte er doch nach neuen Wegen, die Zahl der Brüder und ihre Ausstrahlungskraft zu erhöhen. So bedeutend seine Persönlichkeit war und so unumschränkt er sich ganz der Leitung des Brüderlichen Kreises widmete, so ist es ihm doch nur langsam gelungen, wertvolle Brüder aus der Zahl der Nichtbalten zu gewinnen.

Mir scheint, dass sich Harald von Rautenfeld von dem ursprünglich in der Verfassung festgelegten Ordensgedanken, in dem neben dem kämpferischen Vorwärtsdrängen auch ein konservativer Kern vorhanden ist, der als ruhender, auf Glauben beruhender Pol deutlich zur Geltung kommen müsste, in seinem Drängen nach Erneuerung aus dem Glauben heraus immer mehr entfernt hat. Wenn wir auch heute Harald von Rautenfeld in seinem Vorwärtsstreben ganz großen Dank schuldig sind – Harald von Rautenfeld war, ich möchte sagen, der einzige Bruder im Hauptamte – so war es doch für uns ein Segen, dass wir nach seinem Rücktritt im Zusammenhang mit dem Krach betreffend Jordan in einer allgemein geachteten Persönlichkeit wie Bruder Rein einen ruhenden Pol in der Leitung des Brüderlichen Kreises erhielten, der gleichzeitig das Wesen des Brüderlichen Kreises voll erfasst hatte.

Da diese Niederschrift ja besonders der erlebten Brüderlichkeit gewidmet sein soll, so wollen wir die Voraussetzungen der Brüderlichkeit in X und der Baltischen Brüderschaft einerseits und im Brüderlichen Kreis andererseits ins Auge fassen.

Zuvor will ich nochmals betonen, dass die Brüderlichkeit, wie ich
sie erlebt habe, nie eine Zielsetzung unserer Gemeinschaft sein
kann, sondern stets als Folge des Einsatzes und der Ergriffenheit
durch das von unserer Gemeinschaft gesetzte Ziel verstanden
werden kann.

Trotz der überwiegend konservativen Haltung der Balten war
der Ruf zur Erneuerung der Einstellung zu der Heimat den estnischen und lettischen Heimatgenossen und ihren Staatsbildungen,
der von dem X und später der Baltischen Brüderschaft ausging,
im Reich weitgehend verstanden worden. Es war wohl ein voller Bruch mit der bisherigen Jahrhunderte alten patriarchalischen
Einstellung zur lettischen und estnischen Bevölkerung, die einen
selbstverständlichen Herrschaftsanspruch enthielt, gefordert,
aber dennoch das konservative Element der Heimatliebe hochge-
halten.

Im Reich war das aus der Heimat durch die Güterenteignung
vertriebene Baltentum schwer aus ihrer verbitterten Stellungnahme, die entweder die verlorene Herrschaft über die Heimat
zurücksehnte oder der Heimat vollständig den Rücken zukehrte,
zur neuen Stellungnahme zu gewinnen. Es erforderte den vollsten
Einsatz der X-Brüder. Durch die weitgehende in der von der Heimat geprägten Übereinstimmung unserer baltischen Menschen
wurde natürlich der Durchbruch zur vollsten Brüderlichkeit bedeutend erleichtert. Aber diese Brüderlichkeit wurde nur dort zur
Wirklichkeit, wo das Anliegen und die Zielsetzung unserer Gemeinschaft voll im Einsatz ergriffen wurde. Diese Brüderlichkeit
wurde dann zur tragenden Kraft des X und der Baltischen Brüderschaft.

DIE VORAUSSETZUNG ZUR VOLLEN BRÜDERLICHKEIT, DIE IM BRÜDERLICHEN KREIS GEGEBEN SIND.

Gewiss war in der Übernahme einer großen Zahl baltischer Brüder in den Brüderlichen Kreis auch das Ferment voller Brüderlichkeit in den Brüderlichen Kreis übernommen worden. Auch die Befürchtung von Otto von Kursell, dass die volle Öffnung des Brüderlichen Kreises für alle früheren baltischen Brüder zu einer Übernahme von Brüdern führen würde, die den Voraussetzungen des Brüderlichen Kreises nicht entsprächen, ist meiner Ansicht nach nicht berechtigt gewesen. Andererseits zeigte sich beim Konvent in Rheineck erschreckend, dass bei einer Anzahl neu berufener Brüder überhaupt kein Verständnis für das wirkliche Anliegen – besonders die Glaubensvoraussetzung betreffend – vorlag. Dies bedeutete an sich keine Gefahr für den Bestand des Brüderlichen Kreises, da gerade diese damaligen jungberufenen Brüder im Lauf der nächsten Jahre aus unserer Gemeinschaft ausgeschieden sind.

Wenn wir auch in diesem Falle ein vollständiges Verkennen des Grundanliegens unseres Brüderlichen Kreises als Glaubensanliegen feststellen können, so kann auch bei einer differenzierten Ausdrucksform die durchaus ernst zu nehmende Glaubensentscheidung bei jedem einzelnen Bruder vorliegen. Da im Brüderlichen Kreis auch jede praktische politische Zielsetzung fortfällt, und gleichzeitig die einigermaßen durch die Geschichte gestaltete Homogenität der Persönlichkeit und der Glaube an Jesus Christus die einzige gemeinsame Grundlage bilden, so ist der Durchbruch zu einer vollen Brüderlichkeit bei uns erschwert. So wie wir auch im Neuen Testament das Evangelium Christi in all den verschiedensten Schriften durch die Persönlichkeit der Verfasser reflektiert erhalten, so wird dieser Glaube auch stets durch das Humanum des einzelnen Gläubigen reflektiert in Erscheinung treten.

Dies müssen wir im Verkehr unter uns Brüdern voll berücksichtigen. Wenn ich, ebenso wie Harald von Rautenfeld, einer rein verstandesmäßigen Reflektion, wie sie in der Theologie weitgehend zum Ausdruck kommt, sehr skeptisch gegenüberstehe, so ist es nicht von der Hand zu weisen, dass in der Voraussetzung des Bekenntnisses zu Jesus Christus auch keine einheitliche eindeutige Grundlage gegeben ist. Kurz gesagt: auch der Glaube der einzelnen Persönlichkeit gibt dem Christusglauben eine verschiedene Deutung und persönliche Färbung.

Während eines Gesprächs, das ich vor Jahren mit einem Bruder führte, kam gerade die verschiedene Deutung des Glaubens an Jesus Christus zur Sprache. Er meinte, dass deswegen eine Überbetonung des christlichen Glaubens, weil derselbe stets eine verschiedene Färbung bei der einzelnen Persönlichkeit eines Bruders annimmt, zu einer Spaltung des Brüderlichen Kreises führen müsste; daher lehnte er jeden Gedanken an ein kämpferisches Eintreten für den christlichen Glauben grundsätzlich ab. Er sah in einer brüderlichen Toleranz das Gegebene zur Festigung unserer Einheit, sowie in einer weitgehenden Toleranz den Strömungen der Umwelt gegenüber eine der Voraussetzungen unsere Ausstrahlungskraft zu erhöhen. Meine Frage, was wir denn überhaupt in die Umwelt ausstrahlen könnten, konnte er freilich nicht beantworten.

Hierbei muss ich auf die ganz eindeutige Überlieferung der Glaubensstellung, die der baltischen Kultur zugrunde lag, hinweisen. Bedeutend eindeutiger war sie in dem Glauben an Christus, den Erlöser begründet. Dies war sowohl in der Einheitlichkeit der kirchlichen Verkündigung als auch in dem standesmäßig korporativen Aufbau unserer Gesellschaft begründet. In unserer Heimatkirche hat es weder einen Einfluss der sogenannten Aufklärung noch einen der toten lutherischen Orthodoxie gegeben.

Dies habe ich im Herbst 1917 besonders deutlich feststellen können. Ich durfte damals an Bibelstunden teilnehmen, die ausschließlich für Geistliche stattfanden. In Dorpat hatte sich eine große Zahl von evangelischen Geistlichen aller drei Provinzen versammelt, die teilweise als Flüchtlinge, teilweise aber auch aus der Verbannung nach Sibirien oder ins Innere Russlands zurückgekehrt waren. Alle die etwa vierzig Versammelten beteiligten sich lebhaft an einer tiefgründigen Auswertung des N.T. Gleichzeitig war ich aber auch freudig überrascht über die Einheitlichkeit der Glaubensstellung. Hier gab es weder eine Glaubensliberalität noch eine tote dogmatische Orthodoxie. Es gab auch keine theologischen Auseinandersetzungen. Es war gerade das, was Luther in einem Bilde vom Rütteln am Baume der Heiligen Schrift versteht, bei dem unerwartet viele neue Glaubensfrüchte uns in den Schoß fallen.

Auf diesem eindeutigen Glauben unserer Kirche gründete sich auch ganz allgemein unsere baltische Gesellschaft. Dieser Glaube war auch der Hintergrund des Statuts des X und der Verfassung der Baltischen Brüderschaft.

Aber auch bei der Gründung des Brüderlichen Kreises und der Abfassung seiner Verfassung war unter dem Glauben an Jesus Christus gerade dieser eindeutige Glaube verstanden worden, an dem nichts zur Aussprache stünde, sondern als gemeinsame Grundlage unserer Zielsetzung unseres brüderlichen Seins angenommen wurde.

Nun muss ich noch auf einen Unterschied zwischen einer brüderlichen Verhaltensweise und einer Brüderlichkeit, wie ich sie als unzerreißbares Band, das Brüder verbinden kann, erfahren durfte, hinweisen. Dabei will ich auf ein kleines Erlebnis während einer Konventsaussprache hinweisen. Vor vielen Jahren während der Aussprache über den Führungsbericht des Leitenden Bruders meldete ich mich zum Wort. Da fand ich auf dem Pult einen Zettel des Leitenden Bruders Harald von Rautenfeld vor, auf dem nur das Wort „Vorsicht" stand. Er wusste, dass ich mich immer über das undisziplinierte und darum niedrige Niveau der Aussprachen geärgert hatte, und fürchtete, dass ich ein zu schroffes Wort darüber fallen lassen würde, das die vorhergehenden Ausspracheredner kränken könnte. Gerade vorher waren ewig lange Erörterungen vorgetragen worden, die entweder überhaupt keine neuen Gesichtspunkte enthielten oder uns völlig fernliegende Themen vorbrachten. Gewiss hatte ich auch die Absicht, auf die Undiszipliniertheit der Aussprache einzugehen, unterließ es aber aufgrund dieses auf dem Pult vorliegenden Zettels und ging direkt darauf ein, was ich selbst meinte vortragen zu müssen.

Ich habe mich an den Aussprachen sehr zurückgehalten und habe mich die ganze Zeit, als ich die Konvente besuchen konnte, nur zweimal an den Aussprachen beteiligt. Wie ich an diesem Abend mit Bruder Schönfeld zusammensaß, war er ganz empört über die Undiszipliniertheit der Ausspracheredner, und sagte mir, dass er, als ich mich zu Wort meldete, erwartet hätte, dass ich auch darüber ein deutliches Wort sagen würde. Ich teilte ihm mit, dass ich es auch beabsichtigt hätte, aber durch den Zettel des Leitenden Bruders auf dem Pult davon meinte Abstand nehmen zu müssen. Bruder Schönfeld, der damals das Amt des Richters versah, bat den Leitenden Bruder Harald von Rautenfeld an unseren Tisch und wir sprachen uns über diesen Punkt der Diszipliniertheit der Aussprache aus.

Hierzu sagte Harald von Rautenfeld: „Was wollt ihr, ich als Leitender Bruder kann auch in meinem Bericht nicht alles sagen, was ich hätte sagen müssen. Ich muss Rücksicht nehmen auf das Verständnis einer Anzahl von Brüdern". Die Brüderlichkeit, wie wir sie verstehen und erlebt haben, sei noch weitgehend besonders von Brüdern, die nicht Konventsbrüder sind, erfasst worden. Er wies auf das sogenannte brüderliche Verhältnis hin, bei dem jeder Bruder berücksichtigt werden muss und auch in der abwegigsten Stellungnahme ernst genommen werden will. Er sagte, ich hätte ihm vorgeworfen, dass er den Ordensgedanken, der der Verfassung zugrunde liegt, nicht mehr betont habe. Das sei richtig, aber gerade auf diesem Gebiet, nämlich dass es sich bei dem Brüderlichen Kreis um eine Kampfgemeinschaft des Glaubens an Jesus Christus handle, sei er vielfach auf volles Unverständnis gestoßen. Ihm selbst sei schon vielfach Unbrüderlichkeit vorgeworfen worden, von Brüdern, die sich durch irgendeine Äußerung von ihm gekränkt und nicht ernst genommen gefühlt hätten.

Wir wiesen ihn darauf hin, dass er ja selbst durch seine Rücksichtnahme dieser falschen Vorstellung von Brüderlichkeit Vorschub leiste. Darauf erwiderte er, dass er in seiner Leitungsführung bewusst mit dem Wart zusammenarbeite (damals Bruder Fritz Worms), der in seinem Wort des Wartes stets unmissverständlich die Glaubenszielsetzung in seiner Innenschau betont habe. Ich kann mich nicht entsinnen, wann dieses Gespräch stattgefunden hat, ob es während des Konvents im Taunus war oder während einer der Konvente in Goslar. Jedenfalls war bereits damals festzustellen, dass Harald von Rautenfeld mit Jordan als Leiter des Kapitels nicht einverstanden war, aber er dennoch im Amte belassen wurde. Hier scheint er eine Rücksicht genommen zu haben, die unserer Sache nicht diente.

Die Kraft wirklicher Brüderlichkeit in der Leitung unseres Kreises zeigte sich jedoch leider sehr spät, nämlich wie es doch zu dem Krach mit Jordan kam – wie um unserer gemeinsamen Sache willen sich das Kapitel geschlossen hinter den Leitenden Bruder stellte und dadurch eine Krise in unserem Kreise vermieden wurde. Dass Harald Rautenfeld damals als Leitender Bruder zurücktrat war ebenso berechtigt, da er sich bewusst sein musste, dass er diesen Krach zu lange hinausgeschoben hatte, besonders wenn wir berücksichtigen, dass er selbst ursprünglich Jordan als seinen Nachfolger designiert hatte. In dem Augenblick, als es ihm klar war, dass eine Nachfolge durch Jordan eine Unmöglichkeit wäre, hätte er es gleich Jordan mitteilen müssen. Dieser Zeitpunkt lag aber bereits viele Jahre zurück.

Die rücksichtsvolle brüderliche Verhaltensweise findet da ihre Grenze, wo die ernste Sorge um das Sein und das Ziel unserer Gemeinschaft einen Bruder zwingt, ein vielleicht sehr ernstes Wort einem anderen Bruder gegenüber zu gebrauchen. Dann wird es sich erweisen, ob wirklich lebendige Brüderlichkeit zwischen diesen Brüdern besteht, nämlich wie er sich solcher, vielleicht sogar unberechtigter Kritik gegenüber verhält. Die wirkliche Brüderlichkeit, wie ich sie verstehe, ist ein ganz großes Geschenk, das wir aber nur in der vollsten Ergebenheit unserer Sache gegenüber erhalten können.

Dass ich auch in unserem Kreise die letzte Brüderlichkeit erfahren durfte, dafür bin ich so dankbar, die Brüderlichkeit, bei der man rücksichtslos und offen alle uns wichtigen Sachen durchsprechen kann, ohne fürchten zu müssen zu beleidigen oder zu kränken. Sie ist die Folge allein der tiefsten Verbundenheit und Verpflichtung unserer gemeinsamen Sache gegenüber und erhebt uns aus der Kleinheit aller gewöhnlichen Menschenverhältnisse heraus.

TEIL I

Seite 13

Alfred Schönfeldt (1889–1974). Von 1918–1920 im Baltenregiment. Oberlehrer am Deutschen Gymnasium in Riga. Wegen Zugehörigkeit zur Baltischen Brüderschaft aus dem Schuldienst entlassen und zu 5 Monaten Haft verurteilt

Seite 16

Alexander Nikolajewitsch Möller-Sakomelski (1844–1928). Bekämpfte als General der Kaiserlich-Russischen Armee u.a. gemeinsam mit General Paul Edler von Rennenkampf die Aufständischen der revolutionären Erhebung von 1905. Nach der Entlassung aus dem Militärdienst 1917 nach Frankreich emigriert.

Seite 17

Pjotr Arkadjewitsch Stolypin (1862–1911). Russischer Premierminister von 1906 bis 1911. Regierte mit Kriegsrecht und eiserner Hand, setzte aber auch soziale Reformen durch. Ermordet bei einem Attentat in Kiew.

Carl Gustav Emil von Mannerheim (1867–1951). Gehörte zur schwedischen Minderheit in Finnland, das bis zur Unabhängigkeit 1917/1918 Teil des russischen Reiches war. Mannerheim wurde vom zaristischen Offizier zum finnischen General und Nationalhelden im Kampf gegen den Bolschewismus.

vermutlich Heinrich Eduard von Stryk (1873–1938). Landmarschall der livländischen Ritterschaft. Die Familie von Stryk besaß bis zur Enteignung 1919 24 Rittergüter in Livland mit rund 80.000 ha.

Alfred Baron von Schilling (1861–1922). Richter, 1912 bis 1917 Mitglied des Reichsrates, bis 1920 estländischer Landrat. Mitglied der sogenannten Deutschen Gruppe in der Oktobristenpartei.

Günther Baron Zoege von Manteuffel (1850–1923). Zoege von Manteuffel bzw. Manteuffel-Szoege ist der Name eines uralten baltischen Adelsgeschlechtes, das u.a. zahlreiche engagierte Landespolitiker hervorgebracht hat.

Körwekruge. Offenbar ein Gemarkungsname im Gebiet des Schlosses Etz im Kirchspiel Jewe, Wierland.

Johan Laidoner (1884–1953). Stammte aus einfachen Verhältnissen, machte in der zaristischen Armee Karriere. Estnischer Oberbefehlshaber des Freiheitskrieges 1918 und Anführer des Staatsstreiches von 1934.

vermutlich Oskar Kalpak. Kommandeur eines lettischen Offizierbatallions, 1919 gestorben. Nach seinem Tod übernahm der spätere lettische Kriegsminister Janis Balodis das Kommando.

Kärlis Ulmanis (1877–1942). Von 1918 erster Regierungschef des unabhängigen Lettlands. Löste 1934 das Parlament auf und regierte ein autoritäres Regime. Übernahm 1936 verfassungswidrig auch das Präsidentenamt. Wurde in Folge des Hitler-Stalin-Paktes entmachtet und starb in einem sowjetischen Gefängnis.

Seite 26

Werner Greiffenhagen. Gehörte später zu der Gruppe Bekenntnispastoren, die der Lübecker Kirchenrat 1936 ruhegehaltlos aus dem Kirchendienst entlassen hatte.

Eduard Baron von Stackelberg (1867–1942). Von 1915–1917 nach Sibirien verschickt. 1918 von den Bolschewisten wieder nach Sibirien verschleppt. 1919 Gründung des Baltenverbandes in Deutschland. Seit 1920 in Lochen / Oberbayern.

Seite 28

Thomas Girgensohn (1898–1973). Bereits 1914 16jährig als Offiziersanwärter Kriegsteilnehmer, 1915 schwer verwundet, verlor ein Bein. Offizier der Baltischen Landeswehr bis November 1919. Hochrangiges Mitglied im Stahlhelm und später auch in der SA. In der Bundesrepublik Geschäftsführer des Stahlhelm-Bundesamtes.

Seite 29

vermutlich Burchard Baron von Freytag-Loringhoven. Machte sich später als Chemiker einen Namen. Vater des 1914 geborenen Adjutanten im Führerbunker und späteren Bundeswehr-Generals Bernd Frhr. v. F.-L.

Siegfried von Sivers (1887–1956). Dr. med. Von 1919–1920 Mitglied der Baltischen Landeswehr. 1945 von den Sowjets verhaftet und fast drei Jahre lang in verschiedenen Konzentrationslagern gefangen gehalten.

Karl Girgensohn (1875–1925). Religionspsychologe, seit 1907 Professor für Systematische Theologie an der Universität Dorpat. Spätere Professuren in Greifswald und Leipzig folgten.

Seite 30

Butekuden, Butekudenland. Abwertende Bezeichnung, hier für einheimische Esten und Estland.

Seite 30

vermutlich Alexander Heinrich Eggers. 1906 bis 1910 Direktor der Domschule in Reval, Herausgeber des „Pädagogischen Anzeiger für Russland".

Seite 31

Werner Max Oskar Paul Bergengruen (1892–1964). Geboren in Riga, Angehöriger der Baltischen Landeswehr, später erfolgreicher Schriftsteller, national-konservativ und christlich-humanistisch geprägt, Ablehnung des Nationalsozialismus. Teilweise Schreibverbot im 3. Reich.

Seite 34

Michail Wassiljewitsch Frunse (1885–1925). Wurde 1925 Nachfolger von Leo Trotzki als Kriegskommissar im Zentralkomitee der Bolschewisten. Frunse stammt allerdings aus Bessarabien und nicht aus Lettland.

Pjotr Iwanowitsch Stutschka (1865–1932). Lettischer Advokat und Politker. 1919 zeitweise lettischer Minsterpräsident. 1923 bis 1932 erster sowjetischer Volkskommissar der Justiz.

Wilhelm Baron von Fircks (1870–1933). Politiker und Vorsitzender der Deutsch-Baltischen Volkspartei 1920 bis 1933.

Seite 38

Karl Johannes Herman Edler von Rennenkampff (1870–1953). Behandelte als sogenannter Burendoktor im Burenkrieg von 1899 bis 1902 unter anderem den Ministerpräsidenten Steijn.

Seite 40

Wilhelm Baron von der Recke-Neuenburg. Gehörte zu einer der ältesten und angesehensten Familien Kurlands. 1912 hatten Familienmitglieder acht Besitzungen mit zusammen mehr als 25.000 Hektar. Nach der Enteignung 1919 blieben ihnen kleine Restgüter.

TEIL 2

Seite 4

vermutlich Peter Freiherr von Oelsen. Herr des Rittergutes Zernikow in der Neumark.

Seite 6

Alfred Rosenberg (1893–1946). Geboren in Reval, Antisemit und Parteiideologe der Nationalsozialisten. Erlebte die Oktoberrevolution 1917 in Moskau als Student und suchte 1919 die Nähe deutschbaltischer Kreise in München, verkehrte unter anderem mit Otto von Kursell. Bei den Nürnberger Prozessen als Hauptschuldiger der NS–Kriegsverbrechen verurteilt und hingerichtet.

Arnold Baron von Maydell (1884–194?). Architekt. Von 1918–1920 Angehöriger der Baltischen Landeswehr. Wegen Zugehörigkeit zur Baltischen Brüderschaft 1935 zu fünf Monaten Arrest verurteilt. Am 2.12.1945 in Erfurt von den Sowjets verhaftet. Er starb Ende der 40er Jahre im Lager Sachsenhausen.

QUELLEN

Deutschbalten, Weimarer Republik und 3. Reich,
Bd.1, Michael Garleff (Hrsg.),
Böhlau Verlag Köln Weimar, 2001

Die Baltische Brüderschaft,
Claus Grimm,
Verlag Harro von Hirschheydt, 1977

Verantwortung für die Kirche: Stenographische Aufzeichnungen und Mitschriften von Landesbischof Hans Meiser 1933–1955.
Bd. 3: 1937, Hans Meiser, Nora Andrea Schulze,
Carsten Nicolaisen, Vandenhoeck & Ruprecht, 2010

Geschichte der baltischen Staaten,
Georg von Rauch,
Deutscher Taschenbuch-Verlag, 1990

Grundzüge der Geschichte Litauens,
Manfred Hellmann,
Wissenschaftliche Buchgesellschaft Darmstadt, 1966

The SA Generals and the Rise of Nazism,
Bruce Campbell,
University Press of Kentucky, 2004

„... alle Deine Wunder" – der letzte deutsche Propst in Riga erinnert sich 1872–1955,
Alexander Burchard,
Schriftenreihe der Carl-Schirren-Gesellschaft, BoD, 2009

Eine hervorragend nationale Wissenschaft,
Dietrich Hakelberg, Walter de Gruyter, 2001